KB002137

애들아
너희가 나쁜 게
아니야

애들아

어제까지의 일은 전부 괜찮단다

너희가 나쁜 게 아니야

미즈타니 오사무 지음 | **김현희** 옮김

에이지21

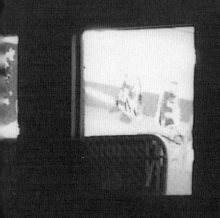

"저, 도둑질한 적 있어요."

괜찮아.

"저, 원조교제 했어요."

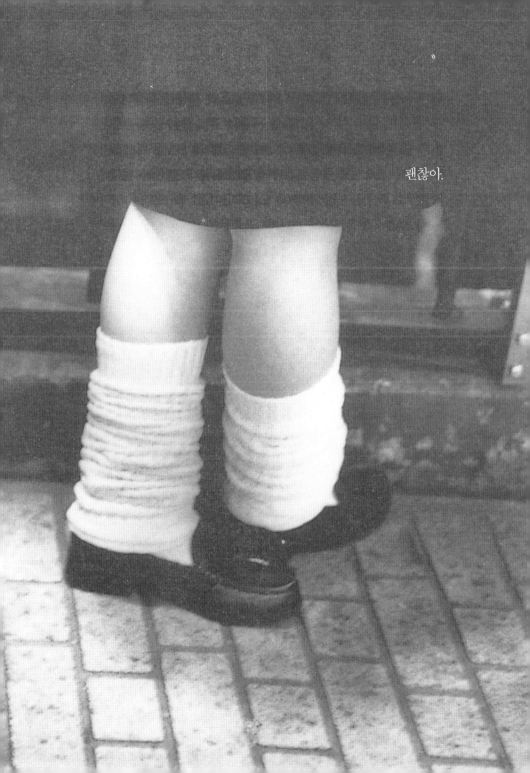

"저, 친구 왕따시키고 괴롭힌 적 있어요.

괜찮아.

"저, 본드 했어요."

괜찮아.

"저, 폭주족이었어요."

괜찮아.

"저, 죽으려고 손목 그은 적 있어요."

"저, 거짓말한 적 있어요."

"저, 학교에도 안 가고 집에만 처박혀 있었어요."

괜찮아.

어제까지의 일은 전부 괜찮단다.

"죽어 버리고 싶어요."
"죽어 버리고 싶어요."

하지만 얘들아, 그것만은 절대 안 돼.

오늘부터 나랑 같이 생각해 보자꾸나.

차례

12년 전 나는 야간 고등학교의 교사가 되었다.

그리고 비슷한 시기에 밤의 세계, 즉 어둠의 세계의 주민이 되었다.

아마 이 책을 읽고 있는 여러분은 그 세계와 전혀 인연이 없을 것이다.

여러분은 밝은 세계에 살고 있다. 아름다운 꽃이 활짝 피어 있고, 새들이 즐겁게 지저귀는 세계, 무엇보다도 태양이 비추는 밝은 곳에서 틀림없이 행복한 생활을 보내고 있을 것이다.

하지만 내 생활은 그렇지 않다.

내가 학교에서 수업을 하는 시간은 오후 5시부터 밤 9시까지다. 그리고 일주일에 며칠은 수업이 끝난 뒤에 '밤거리'로 나간다. 그곳에는 야한 전단지가 나부끼고, 유흥업소 앞에는 선정적인 간판이 줄지어 서 있다. 간판의 불빛이 번쩍거리는 한 귀퉁이에서 나는 끼리끼리 몰려다니는 아이들에게 말을 건다.

내가 사는 밤거리는 흑백의 세계다. 마음을 설레게 하는 화려한 빛깔이 있어도, 그것은 달콤한 속임수일 뿐이며 타락의 때가 끼어 있다. 거리에서 ♀가는 달콤한 말은 아이들을 이용하려는 악의를 감추고 있다.

경찰에서는 나를 두고 "가장 죽음 가까이에 서 있는 교사"라고 말한다. 입이 험한 경찰은 이런 말까지 한 적이 있다.

"아마 당신은 언젠가 목이 잘려 죽게 될 거요. 쥐도 새도 모르게 바닷물에 수장될지도 모르지."

내가 아이들을 지키기 위해서라면 조직폭력배든 폭주족이든 상대를 가리지 않고 돌진하기 때문에 그런 말을 했을 것이다.

교사 생활을 한 지 20년이 넘었다. 짧지 않은 세월을 돌아볼 때 꼭 한 가지 자랑스럽게 내세울 만한 것이 있다. 그건 바로 한 번도 학생을 야단치거나 때린 일이 없다는 점이다.

나는 학생을 절대 야단치지 않는다.

아이들은 모두 '꽃을 피우는 씨앗'이라고 생각하기 때문이다.

어떤 꽃씨라도 심는 사람이 제대로 심고, 시간을 들여서 정성스레 가꾸면 반드시 꽃을 피운다. 아이들도 마찬가지다. 학부모와 교사, 지역의 어른들과 미디어를 포함한 사회 전체가 아이들을 아끼고 사랑하며, 정성껏 돌본다면 아이들은 반드시 아름다운 꽃을 피운다.

만약 꽃을 활짝 피우지 못하고 그대로 시들어 버리거나 말라

버리는 아이가 있다면 그것은 분명 어른들의 잘못이다. 그리고 아이들은 그 피해자다.

나는 그런 피해자인 아이들과 만나기 위해 오랫동안 밤거리에서 살았다. 그 아이들을 구하기 위해서가 아니었다. 나는 그저 그들 옆에 있고 싶었다.

밤거리에서 사는 아이들은 모두 아무리 강한 척 허세를 부려도 연약할 뿐이다. 그들은 때로 슬픈 눈빛을 보인다. 그들도 사실은 밝은 세계로 나가고 싶고, 부모와 선생님에게 인정받고 싶어한다. 하지만 환한 빛으로 반짝이는 낮의 세계는 결코 그들의 존재를 받아들이지 않는다. 그래서 상처받은 아이들은 밤거리로 나간다. 그들은 사랑에 굶주려 있고, 나를 필요로 한다.

12년간 나는 밤의 세계에서 수천 명의 아이를 만났다. 그 만남은 전부 슬펐다. 하지만 나에게는 모두가 소중한 만남이었다.

나는 그들과의 만남을 단 한 번도 후회해본 적이 없다.

1 밤의 선생님

밤(夜)의 선생 미즈타니.
밤거리의 아이들과 폭력조직은 나를 그렇게 부른다.

텔레비전과 신문 등에서도 어느새 나를 그렇게 부르기 시작했다.

나는 밤 11시쯤부터 번화가를 돌며, 거리에 나부끼는 야한 전단지와 즐비하게 늘어선 유흥업소의 간판을 치운다. 그러면서 길모퉁이에서 삼삼오오 모여 놀고 있는 젊은이들에게 말을 건다. 그 세월이 벌써 12년이다.

밤거리 순찰을 시작하게 된 계기는 아주 단순했다.

12년 전 나는 요코하마의 중심지에 있는 한 야간 고등학교로 전근을 갔다. 수업이 끝나는 시간은 밤 9시, 부서활동까지 하면 밤 10시 반이 되어서야 일과가 끝났다. 그렇게 내 생활은 밤 중심으로 변해 갔다.

학생들에게 방과후란 10시 반 이후의 늦은 밤이다. 아이들은 학교가 파하면 심야의 번화가와 공원으로 놀러 나갔다. 그것은 아이들에게 정말 위험한 일이었다. 내가 근무하는 야간 고등학교는 요코하마 차이나타운 근처에 있었는데, 그 일대는 전국적으로 큰 규모의 폭력조직 사무소가 많았기 때문이다.

그래서 어떻게든 학생들을 일찍 집에 돌려보내려고 야간 순찰을 돌았다. 순찰을 하다 보면 집에 잘 들어가려고 하지 않는 아이, 사정이 있어서 집에 들어가지 못하는 아이를 종종 본다. 그런 아이를 발견하면 나는 그 아이 옆에 앉아 다음 날 아침까지 이야기를 나눈다. 내가 옆에 붙어 있으면 밤에도 안전했다. 내 얼굴을 보면 폭력배도 아이들에게 쉽게 접근하지 못했다.

지금까지 나는 밤의 번화가에서 셀 수 없이 많은 시간을 보냈다. 그리고 그곳에서 수많은 아이와 만났다. 나는 늘 외로웠다. 나는 아이들을 좋아했고 그들과 만나고 싶었다. 나와 아이들은 겉모습만 다를 뿐 내면은 조금도 다르지 않았다. 나는 미처 어른이 되지 못한 어른이 아닐까?

12년간 밤거리를 다니면서 나는 5천 명에 가까운 아이를 알았다. 그리고 그 만남에는 수많은 기쁨과 슬픔이 공존한다. 물론 나와의 만남을 계기로 새롭게 인생을 시작한 아이도 많았다. 그러나 반대로 밤의 세계에 더욱 깊이 빠져 버린 아이도 적지 않았다. 그러므로 내가 지금 하고 있는 일이 올바른 일인지 아직도 확실한 답을 얻지 못했다.

그러나 나는 어떤 아이에게도 부끄러운 일을 한 적이 없다. 나는 언제나 아이들을 똑바로 마주 보며 살아왔다. 그것만큼은 떳떳하게 말할 수 있다.

몇 년 전 일이다.

당시 요코하마에서 가장 규모가 큰 폭주족의 우두머리에게서 전화가 걸려왔다.

"날 만나고 싶다면서? 잘난 체하지 말라고. 당신, 혼자 날 만나러 올 수 있겠어?"

그는 내게 겁을 주며 협박했다.

당시 그 폭주족은 내가 알고 있던 한 아이를 노리고 있었다. 그래서 나는 어떻게든 결말을 짓고 싶어서 열심히 그들을 쫓고 있었다.

"어디든 말해. 혼자 갈 테니"라고 내가 말하자, 그는 장소를 알려주면서 "만약 혼자 오지 않으면 알지? 내일부터 밤길을 싸돌아다니지 못하게 만들어줄 테니 각오해"라고 말하고는 전화를 끊었다.

나는 별로 신경 쓰지 않았다. 책임자끼리 일대일로 결말을 짓는 것은 너무 당연한 일이기 때문이다.

그러나 유감스럽게도 약속 장소에서 나를 기다리던 상대는 우두머리 혼자가 아니라 10명이 넘는 폭주족이었다.

불평해봐야 소용없을 게 뻔했으므로 잠자코 그들과 근처에

있는 패밀리 레스토랑에 들어갔다. 밥을 먹고 있던 손님들이 놀라서 한두 명씩 자리에서 일어나 가게를 나갔다. 분명 폭주족들의 모습은 위화감을 조성하기에 충분했다.

그러나 내면을 자세히 살펴보면 그들은 사실 아주 평범하고 귀여운 소년들이다. 그들은 자리에 앉자마자 초콜릿 파르페와 아이스크림을 주문하더니 갑자기 얌전해졌다.

나는 그 모습을 보고 속으로 웃었다. 우두머리와 나는 충분히 대화를 나누었다.

원래 말이 안 통하는 녀석은 아니었다. 솔직하게 맞대면하면 폭주족 아이들도 나의 그런 마음을 알아준다.

우리는 한 시간 정도 이야기를 나누었다. 그리고 그는 내가 보살피는 아이를 절대로 건드리지 않겠다고 약속했다. 마지막에 그는 이렇게 말했다.

"당신, 정말 유별나. 교사가 맞아?"

하루는 한 소녀에게서 전화가 걸려왔다. 아이는 다급한 목소리로 애원했다.

소녀의 남자친구는 요코하마에서도 유명한 폭주족 멤버였다. 그런데 그가 속한 폭주족이 다른 폭주족의 습격을 받아 동료가

심하게 다쳤다고 했다. 그래서 보복을 하려고 남자친구와 패거리들이 지금 공원에 모여 있다는 것이다. 소녀는 제발 싸움을 말려 달라고 나에게 부탁하기 위해 전화를 건 것이다.

나는 차를 몰고 공원으로 달려갔다. 공원에는 오토바이와 차가 50대 정도 서 있었다. 그리고 60명이 넘는 폭주족 소년들이 모여 있었다. 그들의 옷차림을 보니 한눈에도 폭주족임을 알 수 있었다.

그중에는 내가 얼굴을 잘 아는 폭주족도 있었다. 나는 몇 명에게 말을 걸었지만 "선생님, 막지 마세요. 이렇게 계속 당하기만 하면 체면이 안 서잖아요"라며 내 말을 들으려고 하지 않았다.

그들의 손에 들려 있는 것을 본 나는 슬퍼졌다. 그들은 금속 야구방망이와 쇠파이프, 못이 박힌 방망이를 들고 있었다.

"이런 걸로 사람을 치면 어떻게 되겠어? 니들 살인범이 되고 싶어? 그러면 내 머리부터 쳐봐."

나는 그렇게 말하며 그들에게 다가섰다. 그러나 그들은 그런 나를 무시한 채 오토바이에 타려고 했다.

어쩔 수 없이 나는 그들 가운데 한 명이 가지고 있던 못이 박힌 방망이를 빼앗아 가까이에 있던 벤치를 힘껏 내려쳤다.

"이게 사람의 머리였다면 어떻게 됐겠니? 잘 생각해봐."

벤치는 산산조각이 났다. 그 모양을 보고 아이들은 할 말을 잃었다.

그렇게 해서 나는 겨우 그들을 설득하고 해산시킬 수 있었다.

이 이야기를 한 것은 결코 내 무용담을 자랑하려고 해서가 아니다. 나는 용감하지도 않고, 남보다 정의감이 월등히 강한 것도 아니다.

나는 단지 조금이라도 아이들과 친해지고 싶을 뿐이다. 그래서 그들에게 다가가는 것이다.

내가 보기에는 밤거리를 헤매는 아이들도 역시 사랑스러운 존재다. 따스한 태양이 비추는 밝은 세계에 사는 어른들이 매정하게도 그 아이들을 더더욱 어두운 밤의 세계로 내몰고 있는 것이다.

그들은 상상할 수 없을 만큼 큰 상처를 입고 슬퍼하고 있다. 내가 한 발 물러서거나 도망가기라도 한다면 그들은 평생 나를 신용하지 않을 것이다. 교사인 내게 그것만큼 무서운 일은 없다.

그래서 나는 스스로 밤거리에 들어서고 그들과 만나고 싶어 한다. 주위에서 위험하다고 말리는 사람도 많다. 사실 그럴지도 모른다.

하지만 사는 일은 누구에게나 위험이 따르지 않는가. 위험을 감수하지 않고 타인과 마음을 나누어 가질 수는 없다.

나는 지금까지 전국에서 천 회 이상 강연을 해왔다.

오전 중에는 강연을 하고, 오후부터 밤까지는 수업을 한다. 한밤중에는 전화와 메일로 학생들의 고민을 들어주고, 만약 사건이라도 터지면 경찰서나 아이가 있는 곳으로 급히 달려간다. 주말이 되면 어딘가에서 밤거리를 헤맨다. 바로 이것이 12년간의 내 생활이다. 단 하루도 쉰 날이 없다. 죽는 날까지 아마 나는 그렇게 살 것이다.

하지만 나는 그런 생활로부터 도망칠 수 없다. 나를 믿고 따르는 아이들을 배신할 수 없기 때문이다. 그들의 마음을 알아주고 그들의 슬픔을 한 명이라도 더 많은 이들에게 전하는 일이 바로 내가 할 일이기 때문이다.

1991년 4월의 일이다. 4년 동안 본드를 흡입하고 있던 고등학생 마사후미를 만났다. 그 아이와의 만남은 내 인생에서 돌이킬 수 없는 후회를 남겼다. 그 사건을 계기로 나는 내가 하고 있는 일을 너무 쉽게 생각했다는 반성을 뼈아프게 해야 했다.

그날 나는 공원에서 아이를 만났다. 아이는 가지런히 늘어선 나무 아래에 주저앉아 빈 깡통을 이용해 본드를 흡입하고 있었다. 멍한 표정과 흐릿한 시선에는 초점이 없었다. 아이는 자리에서 제대로 일어서지도 못했다.

밤 순찰을 돌던 나는 바닥에 어지럽게 떨어져 있는 담배꽁초를 한 곳으로 치운 뒤 조용히 옆에 앉았다.

"저리 꺼져."

아이는 나를 노려보며 말했다. 나는 "싫은데"라고 대답하고는 웃었다.

주고받은 말은 적었지만 시간이 흐르면서 우리는 자연스럽게 서로를 이해하기 시작했다. 우리는 아침 해가 떠오를 때까지 묵묵히 이야기를 나누었다. 그리고 나는 아이를 차에 태워 집까지 데려다주었다.

아이의 집 앞에 도착했다. 그리고 나는 아이의 집안 형편이 얼마나 어려운지 실감했다.

다 쓰러져 가는 목조 구조의 집에 욕실은커녕 화장실도 공동으로 사용하고 있었다. 더구나 다다미 6장짜리 비좁은 방 한 칸이 전부였다. 그 좁은 공간에서 아이는 어머니와 둘이서 살고 있었다. 나는 아이를 이불에 눕힌 뒤 어머니에게서 그들의 이야기를 들을 수 있었다.

　어머니는 후쿠시마 현 이와키 시 출신이었다. 어머니는 어릴 때 사고로 아버지를 잃었다. 집안 형편이 어려워지자 어린 동생들을 돌보기 위해 중학교를 졸업하자마자 진학을 포기하고 집을 떠나 공장에 취직했다.
　하지만 공장 생활은 몹시 힘들었다. 또래의 여자라면 흔히 갖는 화려한 도시에 대한 동경도 있었다. 그렇게 어머니는 밤의 세계로 들어가 물장사를 하게 되었다. 그리고 밤의 세계에서 폭력 조직에 있던 남자를 만나 그를 낳았다. 아이의 아버지는 그가 세 살 때 야쿠자 사이의 패싸움에서 목숨을 잃었다.

　가난하기는 했지만 아이와 어머니는 행복하게 살았다. 아이는 학급위원을 맡을 정도로 성적이 우수하고 착한 성품을 지닌 효자였다.
　하지만 아이가 초등학교 5학년이 되었을 때 불행이 두 사람을 덮쳤다. 어머니가 과로로 쓰러지면서 자리에 누웠고, 경제적으로 어려웠던 생활은 더욱 비참한 지경에 이르렀다. 전화, 가스,

전기도 끊기고 끼니도 제대로 해결하지 못했다. 불행하게도 이 모자는 생활보호를 받을 수 있는데도 사회복지에 관한 지식이 전혀 없어서 정부 지원을 받지 못했다.

그래도 아이는 열심히 살았다. 병에 걸린 어머니를 위해 집에서 걸어서 40분이 걸리는 거리까지 나가 편의점을 돌기 시작했다. 그리고 가게 안에 들어가 주인에게 애걸했다.

"엄마가 병으로 쓰러져서 먹을 것이 없어요. 죄송하지만 혹시 버리는 도시락이 있으면 저한테 주시겠어요?"

하지만 어디를 찾아가도 듣는 대답은 한 가지였다. "미안하구나. 팔다 남은 도시락은 전부 돌려줘야 해"라는 거절의 말이었다. 그래도 딱 한 곳에서만은 다른 대답을 들었다.

"도시락을 회수하는 시간이 새벽 2시쯤인데, 그렇게 늦은 시간에라도 올 수 있겠니? 만약 올 수 있다면 몇 개를 회수용 컨테이너 위에다 올려놓을 테니 와서 가지고 가려무나."

그날부터 아이는 밤 12시가 지나면 혼자 집을 빠져나와 그 편의점으로 향했다. 그리고 눈에 띄지 않는 곳에 숨어 있다가 사람의 발길이 뜸해지면 그제서야 도시락을 받아들고 집으로 돌아왔다. 아이는 편의점 주인에게 몇 번이나 고개를 숙여 감사의 인사를 했다.

그러나 그 도시락만으로 모자가 살아가기는 힘들었다. 그래서 아이는 학교에서 급식을 담당하는 아주머니에게 이런 부탁을 했다.

"아줌마, 이 근처 공원에서 떠돌이 개 세 마리를 키우고 있는데요, 그 녀석들에게 먹을 것을 갖다 주고 싶어요. 혹시 남는 급식이 있으면 좀 주세요."

그렇게 아이는 매일 먹다 남은 빵이나 우유를 받아서 집으로 돌아왔다.

하지만 급식을 맡은 아줌마도 담임선생님도 아이의 집안 형편을 전혀 눈치채지 못했다. 그러나 아이들은 원래 민감한 법이라서 동급생들이 먼저 그 사실을 눈치채고 말았다. 그들은 그가 남은 급식을 집에 가지고 간다는 사실을 알고는 그를 심하게 괴롭히기 시작했다. 그는 반 아이들에게서 미움을 받았다. 아마 그나름대로 자신의 가난한 모습을 들키지 않으려고 어깨에 힘을 주고 다녔기 때문이었을지도 모른다.

그 즈음에 아이에게 가장 괴로운 사건이 벌어졌다.

감기가 유행해 결석한 학생이 많은 어느 날이었다. 급식이 평소보다 많이 남았고, 아이는 빵 15개와 우유 7개를 받아 가방

속에 소중하게 넣어 서둘러 집으로 향했다.

그러나 집에 가는 도중에 아이는 심술맞은 동급생 여러 명에게 붙잡혔다. 아이는 근처 공원으로 끌려갔다.

"야, 솔직히 말해. 너네 집 가난하지? 이 빵, 실은 너희 집에서 먹으려고 가져가는 거지?"

"아냐. 강아지한테 줄 거야."

"그래? 그럼 이렇게 해도 되겠네."

동급생들은 빵을 빼앗아 땅바닥에 던지고 모조리 짓밟았다.

아이는 그 모습을 이를 악물고 지켜보았다. 그리고 그들이 떠난 뒤 땅에 떨어진 빵가루를 모아 집으로 가지고 돌아왔다.

아이는 옆방에 사는 할머니를 찾아가 설탕과 부탄가스를 빌렸다. 그리고 우유에 설탕을 넣고 그 속에다 부서진 빵을 쏟아 넣었다. 그것을 프라이팬에 부어 팬케이크처럼 만들어 어머니에게 드렸다.

"엄마, 이거 프렌치토스트야. 학교에서 배웠어. 달걀도 넣어야 하는데…. 엄마, 건강해지면 달걀 사주세요. 그럼 내가 진짜 맛있는 프렌치토스트를 만들어줄게요."

그때 어머니는 "맛있구나, 맛있어"라며 울면서 아이가 만든 음식을 먹었다 그렇게 괴롭게 지내던 아이를 구해준 것이 같은 동네에 사는 폭주족 청년이었다. 청년은 그를 괴롭히는 아이들을 때려주고 다시는 괴롭히지 못하게 했다. 청년의 도움을 받은 아이는 초등학교 6학년 때부터 청년의 동료가 되었다. 이런 사실을 안 어머니는 몹시 괴로워했다. 폭주족이 된 아들의 모습과 조직폭력배였던 죽은 남편의 모습이 겹쳐져 보였기 때문이다. 물론 아이도 폭주족이 된 자신을 괴로워하고 슬퍼했다. 그리고 그 슬픔에서 벗어나려고 본드에 손을 대고 말았다.

오랫동안 약물 문제를 연구해온 사람이 이런 말을 했다.
"착한 아이일수록 약에 깊이 빠져들고 심하게 무너집니다. 마음에 상처를 입은 아이일수록 그 마음의 상처를 메우기 위해 필사적으로 약을 합니다. 그리고 죽어 갑니다."
아이가 그랬다.
아이는 지난 4년 동안 본드를 '유일한 친구'로 여기며 계속 흡입하고 있었다.
나는 아이를 만나면서 늘 본드를 끊으라고 설득하며 물어보곤 했다.
"오늘 본드 안 했지?"

그러던 어느 날 아이는 내게 부탁을 해왔다.

"저, 선생님 집에 있으면 안 될까요? 선생님과 같이 있으면 본드를 끊을 거 같아요."

그렇게 해서 아이는 한동안 나와 함께 생활했다. 일주일쯤 지나서였다.

"선생님, 이젠 본드 끊었어요. 엄마가 외로워할 테니 이제 그만 집에 돌아갈게요"라고 말하며 집을 나갔다.

그리고 이튿날 한밤중에 전화가 걸려왔다.

"선생님, 저 또 본드 했어요. 이런 제가 미우시죠?"

그렇게 말하면서 울먹거렸다. 그런 일은 그 뒤로도 여러 차례 되풀이되었다. 어느 날 수업을 마친 뒤 아이가 날 찾아왔다. 아이는 신문기사를 오린 종이를 내밀며 말했다.

"역시 전 선생님의 도움만으로는 본드를 끊지 못하겠어요. 이 신문에 있는 병원에 좀 데려다주세요."

나는 화가 났다. 이렇게 열심히 도와주고 있는데, 본드의 늪에서 꺼내주려고 애쓰고 있는데 '당신은 안 돼'라는 말을 들은 것만 같았다. 아이에게 배신을 당했다고 굳게 믿은 나는 결국 이 날 아이를 차갑게 대하고 말았다.

'이렇게 열심히 보살펴주었는데 이 녀석이…'

"오늘밤 선생님 집에 가도 되죠?"

아이가 물었으나 그 순간 분노가 이성을 마비시켜 버렸다. 나는 쌀쌀한 거절의 말과 함께 아이를 돌려보냈다.

"오늘밤은 경찰과 함께 공개 순찰을 나가야 돼."

거짓말이었다.

아이는 내 쪽을 몇 번이나 돌아보면서 "선생님, 오늘은 냉정하시네요"라고 중얼거렸다. 결국 이 말이 아이에게서 들은 마지막 말이 되었다.

그날 새벽 2시 아이는 집 근처 도로에서 덤프트럭에 뛰어들어 자살했다. 아이에게는 본드에 의한 환각으로 덤프트럭의 불빛이 아름다운 세계의 입구로 보였을지 모른다.

아이는 불빛을 끌어안을 듯이 손을 감싸면서 트럭 앞으로 뛰어들었다고 한다. 아이는 즉사했다.

중독된 것을 끊으려고 할 때 사람은 누구나 '반드시'라고 해도 좋을 만큼 "이게 마지막이야" 하고 작별인사를 한다.

담배를 끊을 때는 "마지막으로 이 한 갑만 피우고 끊을 거야"라고 말한다. 술을 끊을 때도 "오늘까지만 실컷 마시고 내일부턴

끊을 거야. 이게 마지막이야"라고 말하면서 또 작별의 술을 마신다. 하지만 이런 식으로는 중독된 것을 결코 끊을 수 없다. 본드와 약물은 더더욱 심각하다.

그날 나는 아이를 돌려보내면 반드시 본드를 끊을 것이라고 생각했다. 그리고 내 행동이 아이의 목숨을 앗아가리라고는 결코 생각하지 못했다.

결국 나는 "미즈타니 선생님만으로는 안 되겠다"는 한마디에 화가 나서 아이를 죽음으로 내몬 것이다.

아이의 장례식에 온 사람은 어머니와 나, 단 둘뿐이었다. 조용하고 쓸쓸한 장례식이었다. 고별식이 끝나고 화장터까지 동행한 내게 어머니는 아이의 뼈를 담는 일을 부탁했다. 뼈가 다 타버렸을 때 어머니는 울면서 쓰러졌다. 오랜 기간 본드를 남용해왔기 때문에 아이의 뼈가 거의 남아 있지 않았던 것이다.

"본드 때문에 아들을 두 번 빼앗겼어요. 목숨도 빼앗기고 뼈마저도요."

그녀가 겨우 하나 남은 뼈를 집으려고 했지만 그것도 금세 부스러지고 말았다.

나는 계속해서 울고 있는 어머니의 손을 쥔 채 "재만큼이라도 한 점도 남기지 말고 주워야지요"라고 말했다. 우리는 맨손으로 아이의 재를 주워 모았다. 어머니와 나는 새빨갛게 타버린 재를 한 움큼 또 한 움큼 조심스럽게 손으로 모아 단지 안에 담았다. 마지막 남은 재는 화장터에서 빗자루와 쓰레받기를 빌려 남김없이 전부 다 모았다.

그리고 마지막으로 아이의 뼛가루가 담긴 단지를 나무 상자 안에 조심스럽게 담았다. 그 일을 하는 내내 눈물이 하염없이 내 뺨을 흘러내렸다.

이젠 속죄하고 싶어도 할 수가 없다. 그가 세상에 존재하지 않기 때문이다. 그는 내가 죽인 최초의 아이다.

내게는 교사를 계속할 자격이 없다는 생각이 들었다. 그렇게 결심한 나는 짐을 정리하기 시작했다. 그때 아이가 마지막 날 내게 건네준 신문기사를 오린 종이가 보였다.

나는 결심했다.

'그래, 교사를 그만두기 전에 병원에 찾아가서 상담을 해보자. 그리고 내가 어떤 죄를 저질렀는지 다시 한 번 생각해보자.'

나는 아이가 죽고 나서 일주일 뒤 신문기사에 난 정신의료센터를 찾아갔다. 그 병원의 원장에게 나는 아이 이야기를 했다.

원장은 내게 이렇게 말했다. 나는 아마도 그의 말을 평생 잊지 못할 것이다.

"미즈타니 선생님, 그를 죽인 건 당신이에요. 본드와 각성제는 그렇게 간단히 끊을 수 있는 게 아닙니다. 그건 의존증이라는 병입니다. 병은 간단히 치료할 수 있는 게 아니에요. 당신은 그 병을 '사랑'의 힘으로 고치려고 했습니다. 하지만 병을 '사랑'이나 '벌'의 힘으로 고칠 수 있습니까? 고열로 괴로워하는 학생에게 애정을 담아 힘껏 껴안아준다고 열이 내려갑니까? '너의 근성이 해이해져 있기 때문이다'라고 야단을 친다고 열이 내려갑니까? 병을 고치는 건 우리 의사의 일이랍니다. 사랑도 지나치면 병이 된다는 말도 있지 않습니까."

그 말을 들은 나는 대답할 말도 찾지 못한 채 죄책감으로 고개를 떨구었다.

"미즈타니 선생님, 당신은 정직한 사람입니다. 그러니까 교사를 그만두려고 했겠죠. 제발 그만두지 말라고 부탁하고 싶군요. 앞으로 그 아이처럼 약물이라는 늪에 빠져드는 젊은이는 계속

해서 늘어갈 거예요. 하지만 교육 관계자 중에 이런 문제에 매달리는 사람은 거의 없어요. 우리와 함께 이 문제를 해결해 나가지 않겠습니까?"

이것이 내가 약물과 싸움을 시작하게 된 계기다.

3 상처 입은 소녀

1993년의 일이다. 한 학생으로부터 "제발 그애 좀 도와주세요"라는 부탁을 받았다. 그리고 그 소녀를 만났다.

소녀는 안색이 나쁘고, 눈 주위에는 검은 기미가 잔뜩 끼어 있었다. 틀림없이 약물 중독 증상이었다. 더구나 입술은 찢어지고, 눈과 뺨에는 매 맞은 자국이 선명했다.

내가 경찰과 구급차를 부르려고 하자 소녀는 필사적으로 나를 말렸다. 자신은 괜찮으니까 그냥 놔두라고 했다.

그래서 옆에 앉아 이야기를 들었다. 이야기를 다 듣고 난 나는 치를 떨었다. 놀랍게도 소녀에게 폭력을 휘두른 사람은 친아버지였다.

그 아이는 외동딸이었다. 공무원인 아버지는 술과 도박에 빠져 있었다. 가정도 이미 붕괴된 상태였다.

소녀가 기억하는 어린 시절의 추억은 경마장과 경륜장에 간 일이 전부였고, 어머니가 아버지에게 매를 맞고 울고 있는 모습뿐이었다.

어머니는 소녀가 초등학생 때 생활비를 벌려고 작은 술집을 개업했다. 그러나 얼마 후 단골손님과 바람이 나서 도망가 버렸다. 이후 소녀는 아버지와 둘이서 생활했다. 그런데 중학교 1학년 때였다. 소녀는 아버지에게 성폭행을 당하고 말았다.

이후로 몇 년간에 걸쳐 폭행이 계속되었다. 아버지는 술에 취해 돌아올 때마다 폭행을 했다. 소녀가 저항하면 더욱 심하게 때렸다.

결국 소녀는 비행 청소년이 되었다. 본드를 배웠다. 그리고 아버지가 자신에게 준 몸과 마음의 상처를 본드로 치유했다. 이따

금 전화방에서 일하면서 중년 남자에게 몸을 팔고 그 돈으로 본
드를 샀다. 집에서만 흡입했기 때문에 경찰에 붙잡힐 일도 없었
다. 아버지는 소녀가 본드를 해도 막지 않았다. 본드를 흡입했을
때는 폭행을 해도 저항하지 않기 때문이었다.

이런 상황이 2년 동안 이어졌다. 그 사이에 아버지와의 사이
에서 생긴 아이를 두 번이나 지웠다. 너무 괴롭고 힘든 나머지
한번은 가출을 했다. 그리고 자신을 버린 어머니의 새 집도 찾
아갔다. 하지만 그곳에도 있을 수 없었다. 결국 갈 곳이 없어지
자 다시 집으로 돌아오는 길밖에 없었다.
중학교를 졸업할 무렵 아버지는 지나친 음주로 간이 망가졌
고 일도 그만두었다.
아버지의 수입이 없어지자 소녀는 고등학교에도 가지 않고 도
시락 가게에서 일을 하기 시작했다. 그리고 밤에는 아버지가 소
개해준 작은 술집에서 일했다. 그곳은 아버지의 단골 가게였다.
매일 밤 아버지는 술을 마시러 와서는 딸의 월급을 가불해 갔
다. 소녀는 한 번도 자신의 월급을 손에 쥐어본 적이 없었다.
더구나 아버지의 폭력은 단계적으로 심해져 갔다. 자신의 마
음에 들지 않는 일이 있으면 소녀를 때리고 발로 차고 성적인 폭

력을 가했다. 소녀는 누구에게도 자신의 이야기를 말할 수도 없었다. 그렇게 홀로 지옥과도 같은 나날을 보내고 있었던 것이다.

그 이야기를 들은 나는 더 이상 냉정해질 수 없었다. 당장 아동상담소와 연락을 취하고 소녀를 데리고 갔다. 그리고 아버지가 한 행동은 어엿한 범죄라는 점, 인간으로서 도저히 용서할 수 없다는 말을 하고 경찰에 고소하라고 소녀를 설득했다. 그러나 소녀는 나의 권유를 거부했다. 그저 아버지에게서 벗어날 수만 있다면 좋겠다고 했다.

즉시 소녀는 아동상담소에서 보호받게 되었고, 소녀의 아버지는 경찰에 체포되었다.

이후 소녀는 아동상담소 직원의 따뜻한 보호 아래 한 달간 안전하게 지냈다. 시설에 있으면서 소녀는 어린아이를 잘 돌봐주었다. 그래서 금세 아이들과 친해졌다.

"선생님, 요즘처럼 편안하게 잠잘 수 있었던 건 처음이에요."

그 말을 들으면서 나는 지금까지 계속된 소녀의 불행한 삶을 생각했다. 그러자 끝없는 슬픔이 밀려왔다.

소녀의 아버지는 경찰 조사에서 폭력을 행사한 사실은 인정했다. 하지만 성학대에 대해서는 끝까지 부인했다. 경찰은 소녀에게 아버지를 고소하도록 강력하게 권유했다. 하지만 소녀는 결국 고소하지 못했다. 나도 경찰도 매우 분개했지만, 피해자인 아이의 의사를 존중하지 않을 수 없었다.

소녀의 어머니도 아동상담소에 불려왔다. 그리고 자신의 딸이 겪었던 불행한 사건을 전부 알았다. 그러나 소녀의 어머니는 현재의 생활을 바꿀 수 없다며 딸을 데리고 살지 못하겠다고 했다. 그리고 결국 끝까지 설득할 수 없었다.

시설에 들어간 지 한 달이 지났다. 소녀는 아동상담소의 소개로 큰 병원에서 간호조무사로 일했다. 다음 해에는 내가 추천한 야간 고등학교에 입학했다. 소녀는 언젠가 간호사 자격증을 따고 싶다고 했다.

소녀는 지금까지의 불행했던 삶을 모두 보상받으려는 듯 정말 열심히 살았다. 본드도 끊고, 옛날 친구들과의 관계도 전부 정리했다. 그렇게 새로운 인생을 살아가기 시작했다.

나는 기뻤다. 일주일에 한 번 소녀가 쉬는 날이면 약속을 하고 만났다. 식사를 하면서 우리는 많은 이야기를 나누었다. 만날 때마다 소녀의 눈은 더욱 빛났다.

한번은 이런 일도 있었다.

병원에서 일하기 시작한 지 한 달이 지났을 무렵이었다. 소녀

가 울면서 내게 전화를 걸어왔다.

"선생님, 오늘 아침에 저랑 친했던 환자가 돌아가셨어요. 지금까지 영안실에서 기도를 드렸어요. 그분의 영혼이 천국에 무사히 갈 수 있도록 영안실의 창문을 조금 열어드렸어요."

소녀의 고운 마음 씀씀이에 나는 감동했다.

그러나 그로부터 반 년 뒤 소녀에게 변화가 생기기 시작했다. 어느 날부턴가 전화가 줄어들기 시작했다. 또 내가 만나자고 해도 "피곤해서요"라며 거절하는 일이 빈번해졌다. 나는 걱정이 되어서 소녀가 근무하는 병원의 간호장에게 전화를 걸었다. 그리고 소녀가 최근에 일을 자주 쉰다는 사실을 알았다.

그날 밤 나는 소녀가 살고 있는 병원 기숙사를 방문했다. 그러나 소녀는 거기에 없었다. 아무리 기다려도 돌아오지 않았다. 나는 기숙사 입구에 차를 세워놓고 아침까지 기다리기로 했다.

소녀는 새벽이 되어서야 돌아왔다. 폭력조직의 조직원처럼 보이는 중년 남자의 차에서 내리던 소녀는 나를 보자마자 난처한 표정을 지었다.

차에 태우고 둘이서 대화를 나누었다. 소녀가 먼저 말문을 열었다.

"다들 노는데 왜 나는 놀면 안 돼죠? 왜 사랑을 하면 안 되는 거죠? 나도 낮에는 죽어라 일하니까, 가끔씩은 신나게 놀아도 되잖아요."

"물론 놀아도 되지. 실컷 놀아도 되지. 하지만 너는 지금 열여섯 살이야. 저런 남자와 어울리는 건 네 나이에 맞지 않아."

"다들 재미있게 사는데 왜 저만 이렇게 따분하게 살아야 하는지 모르겠어요. 정말 너무해요."

소녀는 그렇게 말하며 울었다. 내가 아무리 설득해도 들으려고 하지 않았다. 어느새 소녀의 출근 시간이 다가오고 있었다.

"어쨌든 오늘은 병원에서 일하고 바로 기숙사로 돌아와야 해."

결국 나는 이 말만 남기고 떠났다. 다음 날 다시 이야기를 나눠야겠다는 생각을 했다.

하지만 그게 마지막이었다. 소녀는 모습을 감추어 버렸다.

나는 필사적으로 소녀를 찾았지만 결국 찾아내지 못했다. 소녀를 마지막으로 본 날, 곁에 있던 남자의 이름과 주소를 물어보지 않았던 것이 뼈저리게 후회되었다.

그로부터 3년 뒤에 소녀를 다시 만날 수 있었다.

옛 친구에게 전화를 걸어온 것이다. 소녀는 친구에게 병에 걸렸다며 의료보험증을 빌려달라는 부탁을 했다. 그리고 그 친구가 내게 연락을 준 것이다.

나는 그 친구와 함께 약속 장소에 나가 소녀를 만났다.

소녀는 내가 올 거라고 예상했는지 덤덤한 표정으로 나를 맞았다. 그리고 나에게 그동안의 일을 띄엄띄엄 들려주었다.

소녀가 도망친 곳은 그날 밤 보았던 중년 남자의 아파트였다. 중년 남자는 폭력조직에 몸담고 있던 사람으로 각성제를 팔고 있었다. 그 남자와 함께 살면서 소녀는 약에 중독되었고 결국 유흥업소에 팔려 갔다. 그리고 그곳에 출입하는 손님에게서 심각한 성병을 옮았다. 지금도 여전히 냉이 멈추지 않는다고 했다.

"나는 계속 널 찾았어. 하지만 찾을 수가 없었다. 적어도 난 네가 남자친구와 행복하게 살고 있길 바랐는데…."

소녀는 세차게 고개를 흔들더니 작은 목소리로 말했다.

"제 인생은 끝났어요. 이제 갈 곳도 없어요."

"그렇지 않아. 어때? 다시 한 번 나와 함께 시작해보지 않겠니? 먼저 그 병과 약물중독을 고쳐야지."

나는 약물중독 치료 전문병원에 소녀를 입원시켰다.

그로부터 평온한 두 달이 지나갔다. 소녀는 내게 그 조직폭력

단 남자는 그냥 내버려두라고 간절하게 부탁했다. 이윽고 성병 치료도 끝나고, 약물 중독자 프로그램에도 순조롭게 적응해 나갔다. 복지사무소와 병원 관계자의 협력으로 생활보호도 받을 수 있게 되었고, 이제는 퇴원 날짜만 기다리면 되었다.

그러나 소녀는 또다시 사라져 버렸다. 약물 중독 재활 모임에서 한 중년 남자를 만나 함께 사라진 것이다.

나는 그제야 겨우 깨달았다. 소녀는 자신을 사랑해주고 친절하게 돌봐주는, 아버지를 대신할 수 있는 남자를 항상 바라고 있었던 것이다. 소녀의 그런 마음을 헤아리지 못하고 억지로 여기저기 끌고 다닌 건 아니었나 하는 생각이 들었다.

내가 한 일을 후회하지는 않았지만 무력감을 느꼈다. 과연 소녀에게 내가 해줄 수 있는 게 무엇인가 하는 무력감이었다.

2년 뒤 소녀는 또다시 나를 찾아왔다.

'정말 면목이 없어요.'

고개를 숙인 소녀는 마치 그렇게 말하는 듯했다. 그래도 어쨌든 또다시 내 앞에 나타났다. 그리고 분명 내 도움을 필요로 하고 있었다. 그렇게 생각하자 나는 행복해졌다.

"선생님, 이번에도 보살펴주실 거예요? 버리지 않으실 거죠?"

소녀의 물음에 난 조금도 망설이지 않고 대답했다.

"그럼, 우리 다시 처음부터 시작해보자."

지금 우리는 거의 매일 연락을 한다. 그리고 소녀는 내가 아끼고 믿는 한 젊은이와 사랑에 빠져서 결혼을 했고, 한 아이의 엄마가 되어 열심히 살고 있다.

4 | 슬픈 성인식

주룩주룩 비가 많이 내리던 날이었다. 그날 열아홉 살의 소년을 만났다. 그는 너덜너덜해진 옷을 몸에 걸치고 육교 아래 깔아놓은 종이박스 위에서 이불로 몸을 둘둘 말고 앉아 있었다. 약물 중독자에게서 흔히 볼 수 있는 초점 없는 흐릿한 눈이 강한 인상을 주었다.

나는 소년에게 말을 걸었다. 그러자 소년은 "시끄러, 저리 꺼져"라며 화를 냈다.

내가 옆에 다가가 앉으려고 하자 그는 그 자리를 떠나려고 했다. 그때였다. 소년이 갑자기 격렬하게 기침을 해대더니 입에 거품을 물고 쓰러졌다.

나는 즉시 그의 고개를 뒤로 젖혀 숨을 쉴 수 있도록 한 다음 구급차를 불렀다.

다음 날 아침 소년은 다행히도 의식을 되찾았다. 그는 병원 침대 위에 누워서 나와 이야기를 나누었다.

소년은 내가 야간 고등학교 교사라는 사실을 알고 안심한 듯했다. 그리고 자신의 이야기를 들려주었다.

소년의 어머니는 그가 초등학교 저학년 때 세상을 떠났다. 소년이 중학교를 졸업하자 아버지는 곧바로 재혼해 그 여자의 집으로 가 버렸다. 이후 소년은 시내의 초밥 집에 얹혀살면서 일을 했다. 그러나 천식으로 인한 발작 때문에 결국 해고를 당하고 말았다. 차마 아버지의 집으로는 들어가지 못했다. 그래서 결국 소년은 아버지에게 간간이 용돈을 받으면서 노숙자 생활을 하게 되었다.

담담하게 자신의 이야기를 전하는 소년의 모습에 나는 가슴이 아려왔다.

소년은 부모를 원망하는 말은 한 마디도 하지 않았다.

나는 당장 그를 위해서 움직였다. 생활보호 수속을 하고, 그가 살기에 적당한 거처를 찾았다. 그리고 우편배달을 하는 아르바이트도 소개했다. 그와 동시에 병원에서 발작 치료를 충분히 받을 수 있게 도와주었다.

소년은 금세 활기를 되찾았다.

소년은 안정된 생활을 되찾으면서 그토록 바라던 고등학교에도 진학해서 성실하게 공부했다. 그동안 일해서 모은 돈으로 가재도구도 조금씩 마련했다.

소년이 사는 방에 차츰 사람 사는 냄새가 풍겨나기 시작할 무렵 그에게 여자친구가 생겼다. 우체국에서 엽서를 분류하는 일을 할 때 옆자리에서 일하던 여고생이었다.

그에게는 풋풋한 첫사랑이었다. 딱 한 번 소년에게 초대를 받아서 세 명이 함께 식사를 한 적이 있었다. 소년도 그의 여자친구도 무척 부끄러워하며 나를 맞았다. 나는 그런 그들의 모습이 너무 아름답게 느껴져 몹시 흐뭇했다.

성년을 이제 한 해 앞두고 있을 때였다. 소년은 저축한 돈을 털어서 양복을 샀고 나는 그에게 넥타이를 선물했다.

"선생님, 저도 행복해질 수 있네요."

소년은 서툴게 넥타이를 매면서 미소를 지으며 말했다.

나도 기쁜 마음에 몇 번이고 고개를 끄덕였다.

소년의 생활에는 희망이 넘쳐나고 있었다.

그 무렵부터였다. 소년은 자꾸만 "더 많이 일하고 싶어요. 일을 많이 해서 돈을 많이 벌고 싶어요"라고 말하곤 했다. 분명 하루라도 빨리 자립해서 여자친구와 같이 살고 싶었을 것이다. 그러나 그의 발작 치료는 생각만큼 쉽지 않았다.

소년은 매우 강한 약을 투여받았다. 의사는 "이렇게 계속 투약하면서 경과를 지켜볼 수밖에 없다"고 말했다. 그런데 그 약에는 부작용이 따랐다. 바로 뇌의 활동을 둔하게 하는 것이었다. 따라서 투약을 계속하는 한 소년은 제대로 일할 수가 없었다.

가을도 끝나가고 겨울이 찾아오는 발소리가 서서히 느껴질 무렵이었다. 소년의 행동이 눈에 띄게 활발해졌다. 최근 들어 소년이 이상하다고 느끼고 있던 나는 그에게 물었다.

"약은 제대로 먹고 있니?"

"괜찮아요. 요즘 몸 상태가 좋은걸요."

소년의 말을 믿었던 나는 더 이상 의심하지 않았다.

다음 해 그의 성인식 날 나는 전혀 예상하지 못한 전화를 받았다. 전화는 소년의 여자친구에게서 걸려온 것이었다.

"선생님… 죽었어요, 그가… 죽었어요."

나는 당장 구급차를 부르도록 지시했고, 그의 담임 교사에게 연락해서 소년의 집으로 가게 했다. 한 시간 후 사망을 확인했다는 전화가 걸려왔다.

성인식 당일 새벽 4시에 소년은 발작으로 사망했다. 그의 방 한쪽 벽에는 여자친구가 골라준 새로 마련한 양복과 내가 선물한 넥타이가 걸려 있었다.

나중에 소년의 여자친구에게서 뜻밖의 이야기를 전해들었다. 소년은 최근에 투약을 중지한 채 내게는 말하지 않고 아르바이트의 양을 늘렸다고 한다. 자신과 여자친구의 미래를 위해서.

그는 내게 절대 말하지 말라고 여자친구에게 신신당부했다고 한다.

'바보 같은 놈. 왜 그렇게 서둘렀니?'

그날 밤 텔레비전에서는 성인식 행사장에서 소란을 피우고 있

는 청년들의 모습이 방영되었다. 갑자기 두 눈에서 눈물이 흘러
내렸다.

아, 이 세상은… 이놈의 세상은 이 얼마나 불공평하단 말인
가!

소년의 유해는 구청에서 관리하는 공동묘지에 매장되었다.

나는 해마다 성년의 날이 되면 반드시 그를 찾아간다.

그리고 소년의 묘지 앞에는 언제나 아름다운 꽃이 나보다 먼
저 그를 찾아와 있다.

5 속죄받지 못할 잘못

다카시는 폭주족이었다.

그가 고등학교 1학년 때 우리는 밤거리에서 만났다.

소년은 중학교 때부터 폭주족이 되겠다고 마음먹었다. 그래서 폭주와 집회가 있을 때면 빠짐없이 나갔다.

소년은 폭주족 집단의 맨 뒤에서 달리면서 쫓아오는 경찰차를 방해하는 역할을 맡았다.

그 역할을 맡는 멤버는 폭주족 내에서 가장 존경받지만 경찰에게 미운털이 박힌다.

경찰의 눈에는 어떻게 보일지 몰라도 그는 동료와 내게 아주 상냥한 소년이었다.

보통 '폭주족'이라는 말을 들으면 누구나 눈살을 찌푸리며 싫어한다.

그러나 그 아이들도 피해자다.

아이들도 부모와 선생님, 사회로부터 인정받고 싶어한다. 그래서 햇살이 내리비치는 환한 세상에서 가슴을 당당히 펴고 씩씩하게 두 발을 내딛으며 살아가고 싶어한다. 그러나 그럴 수 없기 때문에 어리석은 일이기는 하지만 자기 표현의 일종으로 폭주를 하는 것이다.

세상을 홀로 살아가기에 아이들의 힘은 턱없이 부족하다. 거대한 세상과 부딪히는 동안에 아이들은 어느새 산산조각으로

부서져 버릴지도 모른다. 그래서 그들은 안정을 찾기 위해 자신과 비슷한 또래가 모여 있는 폭주족 안에 머무는 것이다.

소년은 아버지와 단둘이 살았다. 그의 집은 매우 가난했다. 세살 때 어머니를 잃은 후 아버지는 계속해서 소년에게 체벌을 가했다. 무언가 마음에 들지 않는 일이 있으면 담뱃불로 그의 몸을 지졌다. 그 탓에 소년의 등은 화상 입은 흉터 자국으로 가득했다. 그것 때문에 소년은 친구들에게 왕따를 당했다. 그래서 초등학교 때는 거의 학교에 가지 않았다. 결국 소년은 사회와 학교를 비딱한 시선으로 바라보기 시작했고, 비행의 길에 들어서고 말았다.

소년의 행동은 너무 거칠었다. 파출소 앞에서 일부러 경찰을 도발하거나 경찰차에 싸움을 거는 일이 다반사였다. 그의 폭주 행위는 정도가 지나쳤다.

나는 소년과 만날 때마다 그가 가진 훌륭한 장점을 강조하면서 다른 방식으로 삶을 살아보라고 권유했다. 그러나 소년은 폭주족에 속해 있는 자신에게 자긍심을 느끼고 있었다. 그래서 내 이야기는 전혀 들으려고 하지 않았다. 소년은 자신을 인정해주

는 유일한 사람이 폭주족 아이들이라고 생각했다. 당시 나의 목표는 소년이 새로운 인생을 살도록 도와주는 일이었다. 그러나 그리 간단히 이루어지지 않았다.

그러던 어느 날이었다. 얼굴이 창백해져서 소년이 나를 찾아왔다.

"선생님, 어떻게 해요⋯."

소년이 폭주족에 들어간 지 3개월째 되던 무렵이었다. 폭주족에 들어갔지만 가난한 소년은 오토바이를 살 돈이 없었다. 그래서 늘 선배가 모는 오토바이 뒤에 탔다.

소년은 만족하지 못했다. 무슨 일이 있어도 자기만의 오토바이가 갖고 싶었던 소년은 폭주족 형과 상담했다. 형은 "간단해. 우체국이나 은행을 노리면 돼"라고 대답했다.

소년은 당황했다.

"형, 그건 좀 힘들지 않아. 우체국이나 은행 같은 데는 감시 카메라가 있어서 금세 발각될 텐데."

"바보 녀석, 안을 노리는 게 아냐. 밖으로 나오는 사람을 노리는 거지. 가방을 품에 안고 나오는 노인네를 노리는 거야. 마침 월말이라 월급을 받은 사람이 많을 테니까 현금을 찾으러 오겠지. 아마 꽤 많은 돈이 들어 있을걸. 내가 오토바이를 운전할 테니까 너는 뒤에서 날치기만 하면 돼.”

소년은 이 말을 진지하게 받아들였다. 그래서 실행에 옮기기로 했다.

다음 날 오후가 지나서였다. 국도와 인접해 있는 우체국에서 할머니가 밖으로 나왔다. 할머니는 할아버지와 두 분만 살았다. 그날은 할머니가 노령연금을 찾으러 가는 길이었다. 할머니는 우체국에서 찾은 180만 원이 든 가방을 품에 안고 있었다. 노인 부부에게 그 돈은 생활비의 전부였다.

사정을 모르는 소년과 폭주족 형은 망설임 없이 할머니를 노렸다. 형이 소년에게 신호를 보내고 오토바이를 발진시켰다. 그리고 뒷좌석의 소년이 할머니의 가방을 날치기했다. 하지만 할머니는 “안 돼!”라고 외치며 필사적으로 매달렸다.

결국 이 작은 저항이 할머니의 목숨을 앗아가고 말았다.

할머니는 그대로 7미터나 끌려가 가드레일에 머리를 부딪쳤다.

이 사건은 다음 날 아침 신문에 보도되었다. 나는 그 아이가 소년이 아니기를 간절히 빌면서 학교에 갔다.

그날 소년은 나를 찾아왔다. 그의 얼굴을 본 순간 나는 그가 그 사건의 범인임을 단번에 알아챘다. 소년은 새파랗게 질린 얼굴로 덜덜 떨면서 서 있었다.

"네가 한 거야?"

내가 캐묻자 소년은 그 자리에 털썩 주저앉으며 말했다.

"선생님, 저 이제 어떻게 해요."

"어떻게 하다니 초등학생도 자기가 한 일은 스스로 책임을 져. 너는 고등학생이잖아. 그러니 네가 저지른 잘못은 네가 처리해야지. 책임을 회피해서는 안 돼!"

잠시 머뭇거리며 생각하던 소년이 대답했다.

"선생님, 자수할게요. 경찰서에 데리고 가주세요."

나는 고개를 저었다.

"잠깐 기다려. 너는 죄를 지었으니 경찰에 자수하는 건 당연해. 하지만 넌 범죄자이기 전에 내 친구이자 학생이야. 또 한 인간이야. 그러니까 자수하는 것보다 인간으로서 먼저 해야 할 일이 있다고 생각하지 않니?"

내 말을 듣고 소년은 고개를 숙이고 10분 정도 생각한 뒤에 입을 열었다.

"선생님, 할머니께 사죄해야겠어요. 문병을 가고 싶어요."

나는 정말 기뻤다.

소년에게도 사람으로서 당연히 가져야 할 마음이 분명 남아 있었던 것이다.

나는 즉시 평소에 잘 알고 지내는 기자에게 부탁해서 할머니가 입원해 있는 병원을 수소문했다. 그리고 소년과 함께 병원을 찾아갔다. 사건이 일어난 지 하루가 지났는데도 할머니는 아직 깨어나지 못하고 중환자실에서 치료받고 있었다.

치료실 앞에 있는 긴 의자에 몸집이 작은 할아버지가 홀로 앉아 있었다.

한눈에 할머니의 남편이라는 사실을 알 수 있었다.

소년은 할아버지의 모습을 보자마자 울음을 터뜨렸다. 그리고 달려가 할아버지의 발 아래 엎드렸다. 소년은 머리를 몇 번이나 숙이면서 "죄송합니다. 제가 한 짓이에요. 죄송합니다"라고 사죄했다.

바닥에 부딪힌 소년의 이마에서 피가 흘러나와 바닥은 피범벅이 되었다. 하지만 할아버지는 마지막 순간까지 소년을 용서하지 않았다.

할머니는 의식을 회복하지 못하고 눈을 감았다.

이후 소년은 강도치사죄로 재판을 받고 자신이 저지른 죄값을 달게 받고 있다. 그리고 평생 할아버지에게 용서를 구하기로 마음먹었다.

지금도 그때 일을 생각하면 나는 가슴이 미어질 것처럼 안타깝고 슬프다.

소년에게 따뜻한 가정이 있었다면 그런 사건은 일어나지 않았을 것이다. 소년은 마음이 따뜻하고 여렸기 때문이다.

소년의 어리석은 판단으로 목숨을 잃은 할머니처럼 소년 역시 어른들에 의해 상처를 입은 피해자다.

6 내가 살아온 시간

자신이 원해서 태어난 사람은 없다.
우리는 마치 누군가에 의해 내쳐진 것처럼 이 세상에 버려지듯
태어난다.

부모도
태어나 자라는 환경도
외모도
능력도
스스로 선택하지 못한다.

운이 좋은 몇 퍼센트의 아이만이 태어날 때부터 행복을 보장받는다.

그들은 풍요롭고 사랑이 넘치는 가정에서 자라며 웃음으로 둘러싸인 환경에서 성장한다.

그러나 운이 나쁘게도 몇 퍼센트의 아이는 태어날 때부터 어깨에 불행을 짊어진다.

그리고 자신의 힘으로는 도저히 감당할 수 없는 불행 때문에 괴로워하면서 성장한다.

그리고 그들은 이기적인 어른들로 불행을 강요받는다.

그런 아이들에게 '불량'이라는 딱지를 붙여, 밤거리로 내몰려는 어른을 나는 용서할 수가 없다.

나도 결코 행복하다고 할 수 없는 어린 시절을 보냈다.

아버지에 대한 기억이 내게는 없다. 철이 들면서 내게는 아버지가 없다는 사실을 알았다. 나는 아버지의 얼굴은 물론 뒷모습조차 본 적이 없다. 아버지가 찍혀 있는 사진은 전부 어머니가 없애 버렸다.

나는 야마가타 현의 가난한 마을에서 할아버지, 할머니와 함께 살았다. 집은 오래되어 형편없이 낡았다. 겨울이 되면 지붕

틈 사이로 눈보라가 들이치곤 했다. 너무 추워서 할머니 품에 안겨 잠이 들기도 했다. 지금도 그 기억은 생생하다.

어머니는 요코하마에서 교사로 근무했기 때문에 외아들인 나와 떨어져 지냈다. 당시 교사의 월급으로는 우리가 함께 살기 어려웠다. 어머니로서는 나와 떨어져 살아야 하는 무척이나 힘든 선택이었을 것이다.

우리 집은 정말로 가난했다.

나는 가난이라는 굴레말고도 부모가 없다는 외로움을 견뎌야 했다. 외로움을 견뎌내기 위해 나는 항상 누군가와의 만남을 고대했다. 그리고 나를 인정해주는 사람을 찾고 싶었다. 나는 늘 사랑을 받기 위해 그 사람의 안색을 살폈다. 사람들의 사랑을 받기 위해 필사적으로 노력했다. 하지만 이상하게도 좋은 아이가 되려고 노력할수록 나는 점점 고독해졌다. 내가 애를 쓸수록 사람들은 나를 피했다.

내게는 열등감이 많았다. 그런 내게 친구라고 부를 만한 사람은 단 한 명도 없었다.

외로운 나에게 유일한 친구가 있었다. 그것은 마을 광장에 있던 그네였다.

나무에 로프와 나무판을 매달아놓았을 뿐인 초라한 그네였지만 친구가 없는 내게는 최고의 놀이 상대였다.

　가난한 것도, 부모가 없는 것도 내 탓은 아니다. 왜 원하지도 않았는데, 이 세상에 태어나 괴로운 환경에서 살아가지 않으면 안 되는가. 그네를 타면서 나는 많은 것을 원망했다.

　나를 낳고 가난한 집에 버린 매정한 아버지, 내 불행을 놀리는 마을 사람들, 그리고 외로움을 더욱 부추기는 시골의 매서운 날씨….

　어머니가 보고 싶었다.

　멀리 있는 어머니를 늘 떠올렸고, 어머니가 있는 요코하마까지 날아갈 수만 있으면 얼마나 좋을까 생각했다. 그렇게 생각하면서 지칠 때까지 그네를 탔다.

　당시 내가 느꼈던 외로움은 아직도 나의 가슴에 남아 있다. 아마도 그때의 외로움을 영원히 잊지 못할 것이다. 그런 까닭에 나는 마음에 상처를 입은 아이들과 많이 만나고 싶다.

　그들은 스스로가 원해서 비행 청소년이 된 것이 아니다. 바라지도 않은 고독을 강요받고, 그 고독을 견뎌내기 위한 방법을 모르는 것뿐이다.

하지만 얘들아, 고독을 지우기 위해 일부러 밤거리에 들어가
몸을 망치는 일은 하지 마라.

그러기 전에 한 번이라도 좋으니 누군가를 만나 보렴.

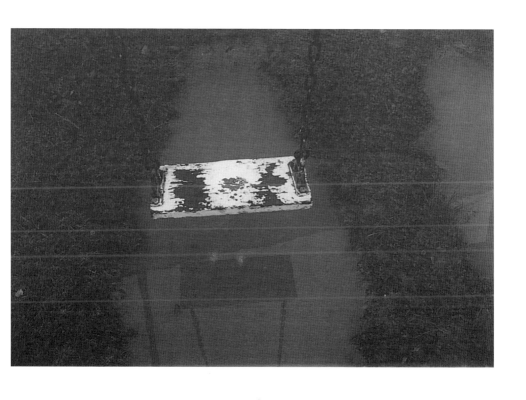

7 여장 소년 겐지

요코하마 항구가 내려다보이는 언덕 위 공원에서 중학교 2학년 생인 겐지를 만났다.

소년은 특이한 아이였다. 여자가 입는 블라우스와 스커트, 스타킹을 신고 신나서 공원에서 한쪽 발로 껑충껑충 뛰어다니고 있었다.

그토록 많은 아이를 상대했던 나도 아이에게 말을 걸기 전에 한순간 주저했다. 여러 유형의 아이를 만나봤지만 그런 아이는 처음이었다.

아이의 사정을 들어보려 했지만 예상한 대로 이야기가 전혀 통하지 않았다. 내가 조금만 힘든 이야기를 꺼내면 아이는 알수 없는 말을 지껄이며 내게서 도망치려고 했다. 아마도 자신만의 확고한 세계 속에 틀어박혀 외부의 간섭을 거절하는 듯이 보였다.

난감해진 나는 아이에게 한 가지 제안을 했다.

"너, 배 안 고파? 뭐 먹으러 갈래?"

내 말을 듣고 아이는 곧바로 미소를 지었다. 누구라도 맛있는 음식 앞에서는 무릎을 꿇는 모양이다.

아이는 식욕이 엄청났다.

데리고 간 패밀리 레스토랑에서 아이는 스파게티, 햄버그 스테이크, 케이크를 계속해서 주문했다. 그 많은 음식을 혼자서 2

시간 동안 전부 먹어치웠다. 그 모습을 보니 문득 가난했던 내 어린 시절이 떠올랐다. 지금의 나는 많은 것을 선택하고 소유할 수 있다. 그래서 무엇이 행복인지 잘 알지 못하게 되었다. 그러나 어린 시절 나는 그저 배불리 먹을 수 있는 것만으로도 큰 행복을 느꼈다.

레스토랑에 있던 주위 손님들은 호기심 어린 눈으로 우리를 바라보았다. 심야에 여장을 한 중학생을 데리고 있으니 그렇게 쳐다보는 것도 당연하다. 우리는 사람들의 시선을 피해 가게를 나왔다.

아이를 집까지 바래다주면서 그의 방에 들어가 보았다. 방 안은 매우 심각한 상태였다. 에로 비디오와 빈 소주병이 바닥에 뒹굴고 있었다. 그리고 부엌은 한 번도 사용한 적이 없는 것처럼 먼지로 뒤덮여 있었다.

그것말고는 아무것도 없었다. 방 한구석에서는 아이의 아버지가 몸을 이불로 둘둘 만 채 자고 있었다.

'이런 환경에서는 아이가 정상적으로 생활할 수 없다.'

나는 그렇게 판단하고 아이의 아버지와 상담한 뒤 아이를 시설에 맡기기로 했다.

그러나 그것은 나의 지나친 걱정이었다.

아이를 맡긴 얼마 뒤 그를 보기 위해 시설을 방문했다. 아이는 나를 보자마자 울면서 달려와 날 때리려고 덤벼들었다. 아무 말도 하지 않았지만 분명 나에 대한 분노의 표현이었다. 아마 그에게는 나라는 사람이 더없이 소중한 아버지를 빼앗은 나쁜 인간으로 보였을 것이다.

나는 몇 번이나 시설을 찾아가서 아이에게 내 진심을 이해시키려고 필사적으로 노력했다.

"네가 미워서 시설에 넣은 게 아냐. 너를 아주 좋아하니까, 제대로 된 생활을 하기를 바라는 마음에서 한 거야. 지금은 아버지와 떨어져 있지만, 조금만 참으면 같이 지낼 수 있어" 하고 말이다.

하지만 그로부터 2년 뒤 아이의 아버지가 세상을 떠났다.

'아이를 아버지에게서 떼어놓을 필요가 있었던 걸까? 2년 동안이라도 같이 살게 하는 편이 낫지 않았을까?' 이런저런 생각 때문에 나는 괴로웠다. 그리고 지금도 어떤 것이 옳은 판단이었는지 모른다.

현재 아이는 작업소가 있는 시설에서 전선의 껍질을 벗기고 동선을 꺼내는 일을 하고 있다.

내가 만나러 가면 복잡한 표정을 짓지만, 그래도 지금은 반갑게 맞아준다.

앞으로 시간이 더 걸리겠지만, 언젠가 내가 한 행동을 그가 이해해줄 날이 오리라 믿는다.

8 가난

초등학생 때는 소풍날이 너무 싫었다. 내가 자란 시골 집에는 반찬이 들어간 도시락을 만들 여유가 없었다. 소금 아니면 된장이 들어간 주먹밥이 고작이었다.

그런 주먹밥을 가지고 가는 것이 창피해서 나는 항상 할머니에게 소풍 갈 때는 도시락이 필요 없다고 거짓말을 했다.

그 시절의 나는 공복감을 당연하게 생각했다. 내가 배부르게 먹으면 할머니, 할아버지가 먹을 것이 없었다. 그래서 우리 가족은 항상 서로를 배려하느라 배가 부르다는 표정을 지으며 식사를 했다. 날마다 그랬기 때문에 배불리 먹을 수 있다는 것은 무엇보다도 큰 행복이었다.

일 년에 한 번 있는 운동회는 정말 기쁜 날이었다. 운동회는 마을 축제였기 때문에 어른들이 맛있는 음식이 가득한 도시락을 가지고 왔다. 그렇게 모여서 놀며 아이들을 응원했다.

물론 할머니도 어려운 형편에 달걀말이와 김밥 등을 싸주었다. 다른 집 도시락처럼 연어도 소고기도 들어 있지 않았지만 내게는 최고의 성찬이었다.

풍요롭게 사는 사람과 가난하게 사는 자신의 삶을 비교하면 슬퍼진다. 그러나 가난함 그 자체는 결코 불행이 아니다.

마음만 먹으면 가난해도 충분히 행복하게 살 수 있다. 나는 그 사실을 어릴 때부터 어렴풋이 깨닫고 있었다.

행복한 사람이든, 불행한 사람이든
태어난 이상 살아가는 수밖에 없다.
그리고 살아가는 과정에는 많은 행복과 슬픔이 함께한다.
슬픔보다 기쁨이 많은 인생을 살아가기 위해서는
스스로 노력하는 수밖에 없다.

9｜중국에서 온 소녀

1993년 가을에 있었던 일이다. 야마시타 공원에서 순찰을 끝내고 주차장으로 돌아오고 있었다. 그때 건물 사이에서 웅크리고 앉아 울고 있는 소녀를 발견했다. 소녀는 떨고 있었다. 말을 걸자 소녀는 건물 틈 사이로 더욱 숨어 들어갔다.

소녀를 설득시키기 위해서 나는 내 이야기를 늘려주었다. 야간 고등학교의 교사라는 것, 아무 해를 끼치지 않는다는 것, 네가 걱정되어서 이 자리에서 움직이지 못하겠다는 것…. 도대체 얼마나 오랫동안 말을 했을까. 아침 해가 떠오를 무렵이 되어서야 소녀는 겨우 건물 틈 사이에서 나왔다.

소녀는 가슴을 두 손으로 가리면서 밖으로 나왔다. 소녀의 옷은 갈기갈기 찢겨져 있었다. 예삿일이 아니라는 것은 한눈에 보아도 알 수 있었다. 나는 웃옷을 벗어서 소녀에게 걸쳐주었다. 그리고 소녀의 이야기를 들어보기로 했다.

소녀는 열여섯 살이었고 중국 태생이었다. 2년 전에 일본에 처음 왔으며 아직 능숙하게 일본어를 하지 못했다. 중학교에 다니기 시작했지만 외국인이라는 사실 하나만으로 동급생에게 괴롭힘을 당했다. 따라서 자연스레 학교에서 멀어졌다. 그리고 밤마다 밖으로 나돌기 시작했다.

지난 밤에도 혼자서 정처 없이 걷고 있었다. 그때 야마시타 공원 앞에서 고급 승용차를 탄 남자가 데이트하자며 말을 걸었다. 할 일이 없었던 소녀는 그대로 그 차를 탔고 남자가 사는 집으로 향했다.

그러나 도착한 곳은 가정집이 아니라 스튜디오였다. 그곳에는 여러 명의 남자가 있었고, 소녀는 그들에게 성폭행을 당했다. 심지어 그 남자들은 그 장면을 비디오로 찍기까지 했다.

　　이야기를 들은 나는 할 말을 잃었다. 아이를 먹이로 삼는 어른만큼 최악에다 형편없는 생물은 없다. 그리고 인간을 인간으로 취급하지 않는 사람을 나는 인간이라고 생각하지 않는다.
　　당장 차를 타고 소녀가 납치당한 길을 더듬어 갔다. 타일이 박힌 4층 건물에다 주차장이 있는 장소. 그러나 아무리 찾아보아도 그런 곳은 보이지 않았다. 소녀는 충격을 받은 상태였기 때문에 기억이 정확하지 않았다. 이대로는 아무것도 안 되겠다고 판단한 나는 유일하게 불이 켜져 있던 신문 보급소로 들어갔다. 조간신문을 배달하려고 준비하고 있던 젊은이들에게 사정을 이야기했다. 그들은 집을 찾는 데에 협력해주겠다고 했다.
　　반드시 남자를 붙잡아야 했다. 소녀를 위해서만이 아니라, 같은 비극이 반복해서 일어나지 않도록 반드시 남자의 거처를 알아낼 필요가 있었다. 나는 기도하는 마음으로 종횡무진 차를 운전하며 그 건물을 찾았다.
　　몇 시간 뒤 휴대전화가 울렸다. 신문 배달원에게서 걸려온 전화였다.

"그 집을 찾았어요."

나는 경찰서에 가서 소녀를 폭행한 남자들을 고소했다.

그들은 체포되었고 그 집에서 수천 개의 비디오테이프가 발견되었다. 그들은 그것을 판매하려고 했다고 진술했다. 체포당한 남자 중 한 명은 대기업의 엘리트 사원이었다.

소녀는 이제 어머니와 둘이서 작은 중국 음식점을 하고 있다. 소녀는 가게에서 아르바이트를 하고 있는 내 제자와 내년 봄에 결혼할 예정이다. 그리고 그녀의 뱃속에는 새로운 생명이 숨쉬고 있다.

태어날 아이가 남자아이라면 나와 같은 '오사무'로 이름을 짓겠다고 한다. 그 이야기를 듣고 나는 부끄러웠지만 큰 보람을 느꼈다.

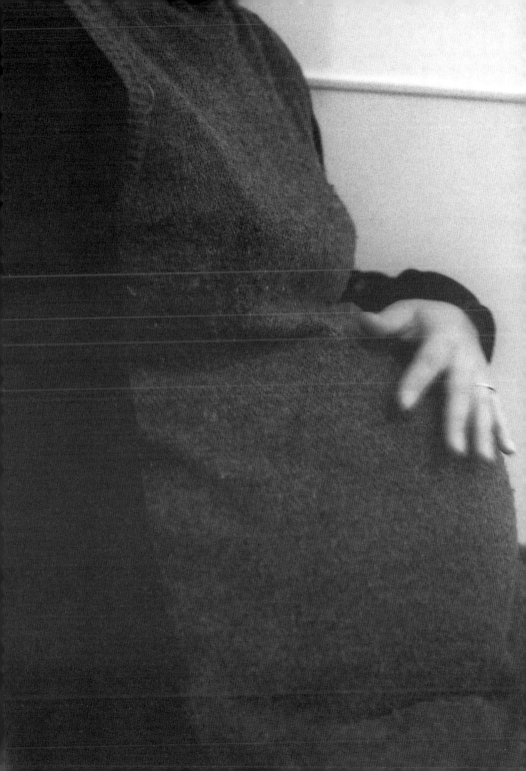

10 자매의 비극

2002년 여름이었다. 고등학교 1학년 소녀에게서 상담을 원하는 메일이 왔다. "3년 전부터 자해 행위를 계속하고 있어요. 지금은 모든 게 싫어졌어요. 더 이상 살고 싶지 않아요"라는 내용이었다. 나는 곧바로 아이와 연락을 취했고, 주말에 비행기를 타고 소녀가 사는 지방 도시로 날아갔다.

자살을 하려고 습관처럼 자해 행위를 반복하는 아이들은 대부분 진짜로 자살하고 싶어하는 게 아니다. 그들은 자신이 살아 있다는 것을 느끼고 자신의 존재를 확인하기 위해서 손목을 긋고 피를 바라보면서 아픔을 느끼는 것이다. 죽고 싶은 것이 아니다. 오히려 살고 싶기 때문에 자해를 한다.

나는 그 아이에게도 살려는 희망이 있을 거라고 믿었다.

약속 장소에 나타난 소녀는 정말 귀여웠다. 하지만 두 팔은 손목에서 위까지 붕대로 둘둘 감겨 있어 안타까울 만큼 딱해 보였다.

아이와 함께 밥을 먹으며 이야기했다.

소녀는 초등학생 때부터 두 살 위의 언니에게서 괴롭힘을 당했다고 한다. 언니는 때리고 발로 차는 것은 물론이고, 옷을 가위로 자르거나 숨기기도 했다. 그런 행동이 24시간 쉬지 않고 반복되었다. 말로만 들어도 끔찍하기 그지없는 괴롭힘이었다.

"부모님은 뭐라고 하시니?"

"참으라고만 하고 도무지 제 이야기를 들어주지 않아요."

소녀는 비통한 목소리로 대답했다.

"나 같은 건 차라리 없는 편이 나아요. 정말 죽고 싶어요."

나는 고민에 빠졌다. 자해를 그만두라고 아무리 타이르고 야단쳐봤자 효과가 없을 것이다. 어떻게 해서든 소녀의 가족과 대화를 나누는 일이 중요했다. 어떤 경우든 그렇다. 끝까지 파고들어 밝혀 보면 아이가 나빴던 예는 없고, 반드시 어른에게 원인이 있었다.

나는 망설이는 소녀를 설득해서 집까지 동행했다.

소녀의 부모는 의아한 표정을 지으며 나를 맞았다. 나는 소녀의 고통을 들은 대로 전달했다. 그리고 몇 가지 해결책을 제안했다. 내가 이야기를 하는 동안 소녀의 부모는 괴로운 듯 입을 꾹 다물고 있었다. 딸이 자해하고 있다는 사실을 벌써부터 알고 있는 듯했다.

그런데 왜 딸의 이야기를 들어주지 않았을까.

나는 차분하게 이야기했지만 내심 무척 화가 나 있었다.

대충 이야기를 끝냈을 무렵 아버지가 큰딸을 불렀다.

"이 아이가 큰딸입니다."

나는 그 아이의 얼굴을 보고, 이 집안의 슬픈 사정을 이해했다.

"큰아이는 자신의 흉한 얼굴 때문에 괴로워하고 있지만, 작은아이는 반대로 예쁜 얼굴로 태어났죠. 불공평하지 않습니까? 그래서 작은아이에게 계속 참으라고 말했던 겁니다."

큰딸의 얼굴에는 애처로울 만큼 커다랗고, 멍처럼 보이는 흉터가 있었다.

분명히 큰딸도 지금까지 나름대로 괴로운 경험을 했을 것이다. 그러나 자신이 힘들다고 누군가를 괴롭히는 행동을 해서는 안 되며, 자매끼리 그 고통을 나누어 가질 이유도 없다.

부모가 그런 괴로움을 딸에게 떠안기다니 대체 무엇을 위한 가족이란 말인가! 나는 용기를 내어 내 생각을 부모에게 전했다. 딸이 희생한다고 무슨 소용이 있단 말인가.

나는 "큰딸의 장애는 낫지 않는다. 그 사실을 가족 모두 받아들이고 당사자에게 맞는 삶의 방식을 찾아주어야 한다. 외모만으로 인생이 결정되는 것은 아니다"라고 설득했다.

그러자 언니가 비통한 목소리로 말했다.

"제가 잘못했어요. 줄곧 동생에게 어리광을 부렸어요. 질투하고 동생을 괴롭히면서 저도 모르게 제 안에 쌓인 울분을 분출했던 것 같아요. 실은 저도 살아 있다고 느끼고 싶었어요."

나는 큰딸이 무조건 나빴다고 생각하지 않는다. 그 아이는 자신 안에 자꾸 자라나는 불안을 어떻게 해결할지 몰랐을 뿐이다. 그것을 누군가에게 알리고 싶어서 자기도 모르게 그런 행동을 했을 뿐이다.

지금도 자매는 같이 살면서 여전히 싸움을 계속하고 있다. 그러나 전화를 걸어 그 사실을 내게 전하는 두 사람의 목소리는 밝고 행복하다.

11 질투

나도 누군가를 '괴롭힌' 적이 있다.

어머니의 생활에 조금 여유가 생기면서 요코하마에서 어머니와 같이 살기 시작했다.

어머니는 장애아 학급을 맡고 있었는데 당시 장애아를 일시적으로 맡아주는 시설이 없었다. 그래서 천성적으로 아이를 좋아하는 어머니가 집에서 그 아이들을 돌보았다. 그리고 나보다도 더 귀여워했다. 맛있는 식사와 청결한 옷을 주고, 밤에는 아이들과 같은 이불에서 잤다.

어머니는 늘 나를 잘 챙겨주지 않았다. 나에게 아이들의 기저귀를 갈아주라고도 했다. 이제 겨우 같이 살게 되었는데, 하나밖에 없는 엄마인데 어머니는 그런 나의 마음을 몰라주었다. 나는 아이들에게 어머니를 빼앗겨 버린 듯한 기분이 들었다.

그런 상황을 용납할 수가 없어서 어머니가 집을 비우면 아이들을 꼬집거나 발로 차곤 했다. 아이들은 나보다도 훨씬 나이가 어렸다. 나는 약한 자를 괴롭힌 것이다. 그것이 잘못된 일이라는 것은 스스로도 잘 알고 있었다. 그래서 아이들을 괴롭힌 밤에는 늘 울면서 어머니의 이불 속에 살며시 파고들었다. 그리고 어머니 가슴에 얼굴을 묻고 '엄마, 미안해요. 착한 아이가 될게요'라고 마음속으로 몇 번이나 빌고 또 빌었다.

하지만 그만두려고 해도 그만둘 수가 없어 나는 괴로웠다. 잃어버린 애정이 누군가에 의해서 채워질 때까지는 누군가를 괴롭히는 짓도, 자해 행위도, 학교에 안 가고 집에만 처박혀 있는 것도 그만두기가 어렵다. 혼자의 힘으로는 그만둘 수 없는 것이다. 그만큼 당시의 나에게는 누군가의 도움이 절실했다.

당시 나는 자기 혐오와 세상에 대한 증오로 가득했다. 두 번 다시 그런 경험은 하고 싶지 않다. 세상의 모든 아이들이 나와 같은 경험을 하지 않기를 진심으로 바란다. 그래서 나는 이 일을 그만둘 수 없다.

12 | 반항

중학생 때는 선생님을 싫어했다. 당시 학생운동에 열중하고 있었기 때문에 교사든, 경찰이든, 관료든 국가에 속한 사람은 모두 나의 적이었다.

어느 날 수업시간에 한 학생이 떠들었다. 그러자 교사가 아이의 머리를 때렸다. 나는 선생님에게 곧바로 항의했다.

"선생님, 그건 폭력이에요. 빨리 사과하세요. 아니면 고소하겠습니다."

그러자 교사는 나를 복도로 끌어냈다. 그러고는 "미즈타니, 고개 숙이고 여기로 달려와"라고 말하며 주먹을 쑥 내밀었다. 스스로 그 주먹에 머리를 박으라는 뜻이었다.

다른 반 교사들도 히죽히죽 웃으면서 우리를 구경했다. 그들 중 한 명이 말했다.

"미즈타니, 네가 자진해서 부딪치는 거야. 그러니까 이건 체벌이 아니야."

그 순간 나는 이를 악물고 달렸다. 격렬한 증오가 나를 그렇게 만들었다. 분한 감정을 이기지 못하고 눈물을 흘리면서 힘차게 주먹에 부딪쳤다. 몇 번이나 반복했다. "이제 그만"이라는 말을 들어도 그만두지 않았다. 여기서 물러서면 패배를 인정하는 셈이라고 생각했다. 그런 내 행동에 당황한 교사들이 각자의 반으로 돌아가려 할 때 나는 온 힘을 다해 이렇게 외쳤다.

"도망치지 마."

　다음 날부터 나는 학교에 가지 않았다. 시험 날 외에는 도서관에서 공부했다. 어머니에게는 걱정을 끼쳐고 싶지 않았다. 그래서 들키지 않도록 매일 같은 시간에 집을 나가 같은 시간에 귀가했다. 이 무렵부터 학교와 교사는 내 적이 되었다.

　그런 내가 설마 교사가 되리라고는 꿈에도 생각하지 못했다.

13 | 약속을 어긴 대가

어느 날 요코하마의 차이나타운 근처 파친코 가게 뒤에서 점원에게 실컷 두들겨맞고 있는 소년을 구했다.

사정을 들어보니 소년은 실에 묶은 자석을 이용해서 파친코를 하고 있었다고 한다. 소년 대신 내가 용서를 구하자 점원은 소년을 놓아주었다. 아무래도 내가 교사다 보니 소년을 어찌하지 못했다.

소년은 타이완 출신이었다. 일본에서 돈을 벌던 어머니가 일본인 남자와 결혼해서 생활하게 된 모양이었다. 그러나 중학교를 졸업한 후 소년은 진학도 하지 않고 일정한 일자리도 찾지 않고 빈둥빈둥 놀며 온갖 나쁜 일을 하며 살았다.

집에 데려다주면서 소년에게 고등학교 입학을 권유했다. 소년은 외국 국적이기 때문에 학교에 입학하지 않으면 영주권을 받을 수 없고 강제 송환된다. 나는 소년이 부모와 함께 일본에서 행복하게 살기를 바랐다.

소년은 "힘들어요"라며 내 말을 무시했다. 그러나 내가 열심히 권유하자 결국 제안을 받아들였다.

다음 해에 나는 소년을 도쿄 도내의 야간 고등학교에 입학시켰다.

소년은 "앞으로 열심히 하겠습니다. 더 이상 나쁜 일은 하지 않을 거예요"라고 말했다.

나는 그것으로 소년의 문제가 해결되었다고 생각했다.

그런데 몇 개월이 지나 그의 어머니에게서 전화가 걸려왔다.

"우리 아이가 폭력조직에 들어갔어요."

그 말을 듣고 나는 방심한 자신을 몹시 원망했다. 소년을 고등학교에 입학시키면 새 삶을 살게 되리라 생각했던 것이다.

어머니는 울면서 소년의 일을 이야기해주었다.

여름방학이 끝날 무렵 소년은 학교에 가지 않고 집을 나갔다. 이후 소년은 오랫동안 집을 비웠다. 오랜만에 집에 돌아왔을 때는 몰라보게 변해 있었다. 소년의 어머니는 그가 욕실에 들어갈 때 소년의 등에 새겨진 커다란 용을 보았다.

나는 이야기를 듣자마자 차를 몰고 소년의 아파트로 가서 어머니와 함께 소년을 설득했다.

부탁이니까 제발 폭력조직에서 나와라. 어떤 일이든지 너를 돕겠다. 지금이라면 아직 고등학교에 돌아갈 수도 있으니 한시라도 빨리 손을 씻어라.

우리는 같은 말을 몇 번이고 했다.

소년은 새벽이 될 즈음에서야 마음을 열었다. 그도 폭력조직에서 나오고 싶었던 모양이었다. 소년은 아무 생각 없이 폭력조직에 가담했지만, 혹사만 당했기 때문에 그런 일상에 완전히 질려 있었다. 그러나 폭력조직에서 빠져나오려면 상당한 위험 부담이 따랐다. 소년은 그게 두렵다고 했다.

다음 날 나는 가나가와 현 경찰서 소장과 상담한 뒤 소년이 속해 있는 폭력조직의 우두머리에게 전화를 걸었다. 짧은 대화를 나눈 뒤 나와 소년 둘이서 조직 사무소에 찾아가기로 했다.

지금까지 위험한 일을 여러 번 겪었지만, 솔직히 조직 사무소에 가는 일은 역시 무서웠다. 나는 경찰이 아니라 평범한 고등학교 교사다. 내 몸을 지켜줄 수단은 무엇 하나 없다. 하지만 용기를 내어 조직 사무소를 찾아갔다.

그러나 예상과 달리 우두머리와의 대화는 순조로웠다. 기적이었다. 손을 씻는 조건도 소년이 두 번 다시 그들의 세력권 안에 들어오지 않는다는 것이었다.

어려움 없이 소년을 폭력조직에서 구해낼 수 있었던 행운에 우리는 기뻐했다.

하지만 일은 그렇게 쉽게 끝나지 않았다. 그로부터 한 달 뒤에 사건이 터졌다.

조직 사무소에서 학교로 "소년이 우리 세력권에 들어왔기 때문에, 붙잡고 있다"는 연락이 왔다. 도대체 무슨 일이란 말인가.

눈앞이 깜깜해졌다. 하지만 소년을 포기할 수 없었다.

나는 다시 한 번 각오를 다지고 소년이 잡혀 있는 조직 사무소로 갔다.

소년은 소파에 앉아 새파랗게 질린 얼굴로 떨고 있었다. 그의 양옆을 여러 명의 조직원이 에워싸고 있었다. 건너편에서 험악한 얼굴로 앉아 있던 우두머리가 몹시 불쾌한 듯 말했다.

"미즈타니 씨, 우리도 체면이란 게 있는데 약속을 어겼으면 뭔가 대가가 있어야지요?"

그들은 나의 손가락 하나를 요구했다.

이후 소년은 고등학교로 돌아갔고, 영주권을 취득할 수 있었다. 지금은 도쿄의 중국 음식점에서 언젠가 자기 가게를 갖게 되기를 꿈꾸며 성실하게 일을 배우고 있다.

손가락 하나를 잃은 아픔은 매우 컸다.
그러나 소년의 미래를 위해서
손가락 하나쯤은 희생할 수 있었다.

14 밤의 세계

대학에 들어가서도 내게는 친구가 생기지 않았다.

내 눈에는 주위에 있는 녀석들이 어리게만 보였다. 난 저 녀석들과 다르다고 생각했다. 당시의 나는 어린 티를 못 벗은 유치한 학생이었다. 그래서 그런 우월감이 다른 학생보다 강했다.

하지만 아무리 폼을 잡고 있어도 내 안에 숨겨놓은 외로움을 감출 수는 없었다.

갈 곳을 잃은 나는 정처 없이 밤의 세계에 발을 들여놓았고, 그곳에서 나의 외로움을 치유해줄 누군가와 만나기를 원했다. 밤의 번화가는 눈부시게 화려하고 아름다웠다. 밤거리를 걸을 때면 늘 마음이 두근거렸다. 그곳에는 내가 원하는 건 무엇이든 있었고, 나는 그런 밤거리에 서 있는 것만으로도 자유를 느꼈다. 나는 욕망이 이끄는 대로 밤거리를 떠돌며 술과 도박에 빠져들었다.

그러던 어느 날 나는 조직폭력배와의 내기 마작에 크게 져서 큰 빚을 졌다. 결국 나는 밤의 세계의 뒷골목으로 끌려 들어가서 폭력조직이 운영하는 바에서 일하게 되었다. 그곳은 속임수를 써서 고객의 주머니에서 돈을 챙겼다.

밤의 세계는 잔인하고 더러운 곳이다. 그곳에서는 사람이 사람을 속이고, 서로를 짓밟아 이득을 챙긴다.

서로를 위한 일도 결국은 서로에게 해가 된다. 밤의 세계에서는 많은 소녀가 어른들에게 희생당하면서도 필사적으로 살려고 애쓴다.

그들의 그런 모습을 생각하면 아직도 깊은 슬픔을 느낀다.

물론 밤의 세계에도 사랑은 있다. 하지만 그것이 내일로 연결되는 것은 아니다. 밤의 세상에서 이루어지는 사랑에는 미래가 없기 때문이다. 그래서 그들은 서로를 위로하면서도 함께 무너져 내린다.

철없던 시절 나는 밤의 세계에 발을 들여놓았다. 그 안에서 살고 있는 불행한 아이들의 모습을 보며, 나 자신이 얼마나 작고 하찮은 존재인지 깊이 깨달았다.

나는 항상 새벽에 귀가했다. 그런 나를 보고 어머니는 한 번도 화를 내지 않았다. 그저 슬픈 눈으로 나를 바라볼 뿐이었다. 나는 어머니의 그런 눈을 마주 보기가 힘들었다. 그렇게 괴로워하면서도 나는 밤의 세계에 계속 드나들었다. 내가 유일하게 쉴 수 있는 곳이 바로 거기라고 생각했기 때문이다. 마시는 술의 양은 점점 늘어났다. 가끔씩 범죄를 저지르기도 했고, 번 돈은 도박하는 데 썼다.

그런 식으로 나는 나를 죽여 가고 있었다. 그러던 어느 날이었다. 집에 돌아와 보니 책상 위에 독일행 비행기 티켓과 현금 600만 원이 놓여 있었다. 나는 흥분했다. 독일은 내가 동경하는

나라고, 언젠가 반드시 꼭 가겠다고 생각하고 있었기 때문이다.

티켓 옆에 어머니가 쓴 편지가 놓여 있었다.

"뭔가를 찾아보렴."

그 한마디가 전부였다. 밤의 세계에 들어간 계기가 사소했던 것처럼 밤의 세계를 벗어나는 계기도 사소하게 찾아왔다.

하지만 그 사소하게 시작한 일이 나를 끊임없이 괴롭혔다. 이 제는 그 괴로움에서 벗어날 기회가 찾아왔다.

나는 즉시 여권을 만들었다. 그리고 어머니가 대학 입학할 때 사주신 양복을 입고 의기양양하게 유럽으로 여행을 떠났다.

15 지우고 싶은 과거

1999년 이케부쿠로의 환락가를 순찰하고 있을 때였다. 유흥업
소에서 한 소녀가 뛰쳐나왔다.

"저 좀 도와주세요. 잡히면 전 죽어요."

그렇게 외치는 소녀는 알몸이나 마찬가지였다.

재빨리 웃옷을 벗어 소녀에게 걸쳐주었다. 그리고 그대로 소녀를 데리고 택시에 탔다. 소녀는 몹시 떨고 있었고 착란 증세를 보였다. 얼굴에는 약물 중독에 걸린 사람에게서나 볼 수 있는 특유의 그림자가 있었고, 팔에는 주사 바늘 자국이 수없이 나 있었다. 그런 상태로 밤의 거리를 헤매게 할 수는 없었다.

나는 소녀를 보호하기 위해 택시에서 내려 내 차로 갈아타고 집이 있는 요코하마로 향했다. 소녀는 금단 증상을 보이고 있었다. 이성적으로 말하기가 힘들었을 텐데도 차 안에서 열심히 자신의 이야기를 들려주었다.

유흥업소에서 일하는 소녀는 열일곱 살이었다.

중학교 때부터 유흥업소를 드나들었고 고등학교 1학년 때 중퇴했다. 그 무렵 호기심으로 처음 친구와 각성제를 복용했고, 이후에는 습관적으로 각성제를 남용했다. 소녀는 경찰에 들키지 않으려고 늘 집에서 각성제를 복용했다고 한다.

그러나 6개월 전 방에 있던 약물 흡입용 파이프를 어머니에게 들키고 말았다. 어머니는 아이를 경찰에 신고했다. 소녀는 그 사실을 친구에게서 전해듣고, 폭력조직에 있는 아는 사람에게로 도망쳤다. 그 다음은 정해진 코스대로였다. 폭력조직배는 각성제를 미끼로 소녀를 성인 마사지 업소에서 일하게 했다. 결국 소녀는 벗어나고 싶어도 벗어날 수 없는 개미지옥에 갇혀 지옥과 같은 나날을 보냈다.

나와 처음 만난 그날 소녀는 각성제가 일으키는 피해망상 때문에 살해당하는 착각을 일으켰다. 그래서 가게에서 뛰쳐나왔다고 한다.

"설마 지금 각성제 가지고 있지 않겠지?"

"가지고 있어요."

그 순간 고민했다. 나는 교사이기 전에 양식 있는 시민이다. 각성제를 숨기는 것도, 버리는 일도 차마 할 수 없다. 여러 모로 고민해 보았지만 다른 방법은 없었다. 나는 아침까지 소녀를 설득했고 경찰에 자수시키기로 했다.

소녀에게는 상처가 되겠지만, 그 상처를 보듬고 감싸안아야 하는 법이다. 계속 상처를 두려워하다 보면 소녀는 평생 밤거리에서 벗어나지 못한다. 그러나 그런 생각을 하면서도 소녀를 향한 미안한 감정은 사라지지 않았다.

그런데 자수를 권한 게 쓸모없는 일은 아니었다.

소녀의 증언에 따라 폭력조직을 검거할 수 있었다. 소녀와 함께 각성제를 흡입했던 친구들도 모두 체포되었다. 미성년인 줄

알면서 일을 시킨 유흥업소의 업주도 적발되었다.

소녀는 가정법원에서 시험 관찰 처분을 받은 뒤 약물 중독 치료 전문병원에 입원했다.

지금은 아주 평범한 여성이 되어 있다. 애인도 있고, 일도 찾아서 행복하게 살고 있다.

16 죽음과 소녀

요코하마의 모토마치를 순찰하고 있을 때였다. 나는 클럽에서 쫓겨난 여성을 보호하고 있었다.
그녀는 매우 흥분해 있었다.

그녀는 클럽의 종업원에게 욕설을 하며 침을 뱉고 덤비려 했다.

그녀가 약을 했다는 사실은 한눈에도 알아챌 수 있었다. 나는 소동을 피우는 그녀를 진정시켰다. 그녀에게 이대로 경찰에 갈 것인지, 아니면 집에 갈 것인지를 물었다. 그러자 그녀는 어깨를 들썩이며 가쁜 숨을 몰아쉬면서 한참 동안 나를 노려보았다. 그리고 마지못해 집 주소를 가르쳐주었다.

호화 저택이었다. 가정부는 우리를 맞이하면서 널찍한 응접실로 안내했다. 귀족 가문인 듯한 분위기가 풍겼다.

그녀의 부모에게서 그간의 이야기를 들을 수 있었다. 그녀는 고등학교 때까지 평범하게 생활했다. 성적도 우수하고 친구 관계도 양호했다.

그러나 어렸을 때부터 그녀는 '죽음에 대한 두려움'을 보통 사람보다 강하게 느꼈다. 고등학생이 되어서도 그런 경향은 변하지 않았다. 혼자서는 잠이 들지도 못해 매일 밤 어머니의 이불 속으로 숨어들 정도였다. 대학에 들어가자 증상은 더욱 심해졌다. 그녀는 눈에 보이지 않는 공포에서 벗어나기 위해 동양사상에 빠져들었다. 결국 그녀는 신비주의 성향의 종교단체에도 가입했다. 그리고 대학교 2학년을 중퇴하고 종교단체의 신자와 함께 신비 체험을 하러 인도로 여행을 떠났다.

부모가 강력하게 반대했지만 아무 소용이 없었다.

2년 뒤 인도에서 돌아온 그녀는 너무 말라 있었다. 자신이 누구인지 모를 정도로 착란 증상이 심했다. 약물의 힘을 빌려 신비 체험을 한 다음부터 정신이 모조리 파괴되고 말았던 것이다.

인도에서의 생활은 알 수 없다. 그러나 분명 가혹했을 것이다. 얼마나 가혹했던지 그녀와 동행한 젊은이는 여행 도중에 죽고 말았다.

그녀의 부모는 그 무렵과 비교하면 지금 그녀의 상태는 꽤 안정되었다고 했다. 그녀는 춤추는 것을 아주 좋아했다. 주말이 되면 때때로 클럽에 가서 아침이 될 때까지 춤을 춘다고 했다.

내가 그녀를 본 날, 그녀는 주스에 엑스터시라는 약을 넣어 마시고 플래시백(flashback, 마약을 하는 사람에게 일어나는 환각 증상)을 일으킨 것이다. 환각 상태에 빠져 어쩌면 인도에 머물던 당시의 혹독한 생활을 떠올렸는지도 모른다.

그녀의 부모는 약물 중독에 관한 지식이 없었고, 딸이 두 번 다시 회복할 수 없을 거라고 생각하고 있었다. 나는 일단 그녀를 전문병원에 입원시키라고 권유했다.

약물 중독은 명백한 병이다. 대화를 많이 나눈다고 해서 결코 해결될 문제가 아니다.

이후 병원에서 적절한 치료를 받고 그녀는 몰라볼 정도로 안정되었다. 지금도 여전히 투약은 계속하고 있지만 가사일도 도우면서 그림을 그리고 있다.

머지않아 그녀는 첫 개인전을 열 예정이다. 전시장이 우연히도 그녀가 쫓겨난 적이 있는 클럽에서 가까운 곳이라고 한다.

그녀의 그림은 투명하고 아름답다. 그녀의 천성적인 섬세함이 있는 그대로 그림에 나타나 있는 것 같다. 덕분에 그녀가 자신의 그림을 보여줄 때마다 나는 항상 마음의 상처를 치유받는다.

17 | 파리에서 만난 여인

대학에 적을 둔 채로 유럽 여행을 떠난 나는 파리에서 일본인 여성을 만났다.

현지에서 알게 된 친구들과 변두리의 바에서 술을 마시고 숙소로 돌아가는 길이었다. 지름길로 가려고 변두리의 뒷길로 들어섰다. 그곳에는 화려한 옷을 입은 여성이 곳곳에 서 있었다. 바로 그 지역에서도 유명한 매춘가였던 것이다.

국적이 다양한 매춘부들에 섞여 일본인 여성은 외로운 표정으로 서 있었다. 왜 이런 장소에 일본인이 있을까? 궁금해진 나는 만류하는 친구들을 무시하고 그녀에게 말을 걸었다. 그리고 친구들을 먼저 돌려보낸 뒤 근처의 호텔로 그녀를 데리고 갔다.

그녀는 매우 공허한 표정을 지었다. 아무리 말을 걸어도 듣지 않고 있는지 대꾸를 하지 않았다. 그녀가 그 순간을 빨리 벗어나고 싶어한다는 사실을 느낄 수 있었다. 그녀는 방에 들어서자마자 바로 옷을 벗으려고 했다.

나는 그런 그녀를 막았다. 그냥 이야기를 나누자고 말했다.

그녀는 의아한 표정을 지었다. 그러나 내가 어려 보여서인지 그녀는 경계심을 풀고 "좋아요"라고 대답했다.

그녀는 니가타 현 출신으로 스물여섯 살이었다. 도쿄에서 회사를 다니며 돈을 모아, 학생 시절부터 꿈이었던 의상 디자인을 공부하려고 파리에 유학 왔다고 했다.

그녀는 파리에서 프랑스 남자와 사랑에 빠졌다. 여기까지는 우리가 흔히 들을 수 있는 이야기다. 하지만 문제는 상대 남자가 범죄조직 마피아였다는 점이다. 달콤한 생활은 잠시였다. 남자는 그녀에게 돈을 요구하기 시작했고, 그녀가 무일푼이 되자 몸을 팔게 했다.

"왜 도망가지 않죠?"

나의 질문에 그녀는 슬픈 듯이 고개를 저었다.

"이 동네에서는 절대로 도망갈 수가 없어. 마피아 수하들이 거리마다 지키고 있거든. 우리는 하루종일 그들에게 감시당해."

나는 잠시 생각한 뒤 입을 열었다.

"내가 도와줄게요, 먼저 대사관에 가서 상담해 보겠어요."

다음 날 나는 그녀와의 약속을 지키기 위해 일본 대사관을 방문했다. 그러나 대사관의 성의 없는 대응에 크게 실망했다. 나는 필사적으로 도움을 요청했다. 그러나 대사관에서는 "이쪽에서 먼저 나서서 그녀를 데려올 수 없습니다. 그녀를 여기까지 데리고 오면 보호는 해주겠습니다"라고 말했다.

자국 대사관이라도 정작 중요한 순간에는 아무런 도움이 안되었다.

그들에게 화를 내봤자 상황은 변하지 않는다는 것을 깨닫고 나는 다른 작전을 세웠다. 친구들에게 협조를 부탁했다. 그들은 모두 흔쾌히 나의 부탁을 들어주었다. 그러자 작전이 성공할 것 같은 자신감이 생겼다.

다음 주 토요일 밤에 작전을 실행하기로 했다. 유스호스텔을 이용하고 있던 150명의 친구가 출동하는 대대적인 작전이었다.

먼저 나는 파리 시내를 잘 아는 친구 두 명을 불렀다. 그리고 두 대의 차에 그들을 각각 앉히고, 한 대는 그녀가 있는 뒷골목의 입구 쪽에, 다른 한 대는 대사관으로 이어지는 공원 옆길에 대기시켰다.

나머지 친구들은 와인을 병째로 마시면서 술 취한 사람 행세를 하며 그녀가 서 있는 뒷골목을 향해 행진했다. 좁은 뒷골목이었기 때문에 100여 명이 걸으면 그곳은 금세 혼잡해진다. 영문을 모르는 주민들이 건물 창문에서 차례로 얼굴을 내밀었다.

이 소동에 화가 나서 소리를 지르는 주민도 있었다. 그래도 우리는 신경 쓰지 않고 골목을 천천히 이동했다. 나는 그녀가 서 있는 쪽으로 가서 재빨리 그녀에게 코트와 모자를 씌웠다. 그리고 혼잡한 무리 속으로 재빨리 그녀를 끌어당겨 섞이게 한 다음 계속 행진해 나갔다.

뒷골목의 출구가 보일 때까지는 솔직히 성공할 수 있을지 불안했다. 그러나 차에 그녀를 태운 뒤에는 모든 것이 순조롭게 진행되었다. 우리는 별 어려움 없이 추격자를 뿌리치고, 차를 타고 대사관에 도착했다. 눈 깜짝할 사이에 일어난 일이었다.

그날 우리는 작전의 성공을 축하하며 유스호스텔에 모여 아침까지 파티를 했다. 물론 150명 분의 와인 값은 내가 지불했다.

　대사관의 보호를 받은 그녀가 어떻게 되었는지 나는 모른다.
　확인할 수 있었던 사실은 그녀가 무사히 일본으로 돌아갔다는 것뿐이다.
　지금쯤은 분명 행복한 어머니가 되어 웃는 얼굴로 생활하고 있을 것이다.
　나와 만났던 사실을 그녀가 잊었다 해도 나는 괜찮다.
　괴로웠던 과거는 빨리 잊어버리는 것이 남은 인생을 행복하게 사는 비결이기 때문이다.

18 돌아온 소년

텔레비전 특집 방송에 출연한 나를 본 남성이 상담을 요구해왔
다. 그는 자신의 아들이 학교에도 가지 않고 불량서클에 들어가
서 절도와 본드 흡입을 반복하고 있다고 말했다.

"선생님, 어떻게 좀 해주세요."

그는 아버지인 자신도 힘에 겨워서 더 이상 어떻게 해볼 도리가
없다고 했다.

누군가 곤란한 상황에 빠졌다 해도 그가 어른이라면 나는 전혀 상관하지 않는다. 그러나 아이가 그런 상황에 빠졌다면 그냥 놓아둘 수가 없다. 나는 당장 그의 아들을 요코하마에 데려오게 했다.

아이의 이름은 나오야였다. 고등학생인데도 중학생이라고 해도 좋을 만큼 표정이나 언동에서 미숙함을 느낄 수 있는 앳되어 보이는 소년이었다. 불량스럽게 행동은 하지만 나는 그에게서 호감을 느꼈다.

나는 소년이 분명 착한 심성을 가지고 있으리라고 생각했다. 원래는 좋은 녀석인데 밤거리에서 만난 또래 친구와 어울리기 위해서 일부러 무리하고 있을 것이다.

나는 여름 동안만이라도 소년을 나가노 현 야쓰가타케에 있는 '시라코마 산장'에 맡기기로 했다. 시라코마 산장은 내게 매우 특별한 장소. 내가 대학생 때 자연의 훌륭함과 등산의 재미를 가르쳐준 산장이기 때문이다. 소년이라면 충분히 이곳에서 변할 수 있을 것이라고 생각했다.

기대대로 소년은 열심히 따라주었다. 소년은 산장에 살면서 식사 준비와 청소, 일용품 정리 등 결코 편하지 않은 산장의 일을 성실히 도왔다. 그곳에는 본드도 번화가도 없다. 재미난 놀이라고는 전혀 없는, 마을에서 멀리 떨어진 산속이다. 그는 불평 한마디 없이 묵묵히 일과를 처리해 나갔다.

몇 개월 뒤 소년은 확실히 변해 있었다. 나를 보자마자 소년은 산에서의 생활을 열심히 들려주었다. 산꼭대기에서 보이는 빛나는 별이나 매서운 비바람, 아름다운 고산식물 같은 것들을 눈을 반짝이며 이야기했다. 환경이 사람을 만든다고 하지만, 분명히 소년은 듬직한 산(山) 사나이가 되어 있었다.

그러나 그것도 오래 가지 못했다. 소년은 집에 돌아가자마자 곧바로 아버지와 다투었다. 다시 집을 뛰쳐나가 비행소년이 되었다. 게다가 소년은 조직에서 형님으로 모시는 선배의 애인을 좋아하게 되어 위험한 상황에 놓였다. 고민하던 소년은 결국 내게 도움을 요청해왔다.

나는 망설였다. 그 무렵 나는 학생들의 문제를 처리하느라 너무 바빴다. 소년을 충분히 보살필 여유가 없었다. 그렇다고 고민하지 않고 무턱대고 소년을 맡으면 그의 마음에 상처를 입힐 수 있다. 또 한 번 시라코마 산장에 신세를 지는 것도 마음이 내키지 않았다.

순간 "언제든지 데리고 오게. 이 사이 그 아이의 마음을 깨끗

하게 씻어줄 거야"라고 말해준 시라코마 산장 아저씨의 말이 떠올랐다. 나는 이번에도 시라코마 산장에 신세를 지기로 했다. 결국 한 번 더 소년을 맡기기로 했던 것이다.

이번에야말로 소년이 변하기를 바랐다. 그런데 시라코마 산장에 도착한 그날 밤 소년은 산장의 그날 매상을 훔쳐 도망갔다. 금고에 "잠시 동안만 빌릴게요"라는 글씨의 메모가 남겨져 있었다. 소년은 베테랑조차 두려워하는 겨울 산을 혼자서 내려갔다. 그리고 애인이 있는 도시로 떠나 버렸다. 정말 안타까웠다.

그 일이 있고 난 뒤에도 소년의 아버지와는 계속 연락을 취했다. 기대와 우려 섞인 마음으로 소년의 근황을 듣고 있었다.

첫 만남 이후 2년 정도 지났을 무렵 느닷없이 소년이 내게 전화를 걸어왔다.

"선생님, 시라코마 산장까지 같이 가주세요."

이유는 잘 몰랐지만 소년의 목소리가 너무 절실해서 나는 승낙했다.

시라코마 산장까지 가는 도중에 나는 생각했다.

아이들이 어른에게 가르침을 주는 일은 적을지 모른다. 하지만 아이들도 그들 나름으로 무언가를 생각하고 있다. 그 결론을 내놓을 때까지 걸리는 시간은 어른들이 상상하는 것보다 훨씬 길다. 하지만 시간을 들인 만큼 아이는 자기 나름의 대답을 반드시 찾아낸다.

오랜만에 보는 소년의 얼굴은 예전보다 평온해 보였다.

"죄송합니다! 죄송합니다!"

관리인 부부의 모습을 보자마자 소년은 부부의 발 아래 엎드려 흐느껴 울기 시작했다.

"이걸 돌려 드리고 싶어서… 제가 일해서 번 돈입니다."

소년은 살며시 봉투를 내밀었다.

아무 말도 못하고 서 있는 부부의 눈가에는 눈물만이 그렁그렁 고였다. 나도 울고 있었다.

눈물은 항상 사람의 마음을 씻어준다. 그날 흘린 눈물은 속죄
와 용서라는 이름으로 우리의 가슴을 적셨다.

19 | 히데 선생님

어느 해 여름 학교에 가지 않고 집에만 있는 한 소년을 알았다. 준이치였다. 소년은 고등학교에 입학하자마자 학교에 가지 않았고, 자기 방에서 한 발짝도 나오지 않았다. 누군가가 방에 들어가도 소년은 숨소리를 죽이고 이불을 뒤집어쓴 채로 얼굴도 내밀지 않았다.

나는 매일 밤 12시에 소년을 방문했다. 이불을 뒤집어쓰고 있는 그의 옆에서 아침까지 책을 읽었다. 나는 소년에게 어떤 말도 하지 않았다.

그런 생활을 한 지 2주 정도가 지났을 무렵이었다. 평소처럼 내가 조용히 책을 읽고 있는데 문득 소년이 이불 속에서 입을 열었다.

"선생님은 왜 매일 밤마다 여기 오시는 거예요?"

나는 "네가 걱정돼서"라고만 대답하고 다시 책을 읽기 시작했다.

실은 나도 그 이유를 잘 몰랐다. 그냥 그렇게 하는 일 외에 달리 방법이 생각나지 않았기 때문이다. 학교에 가지 않고 집에만 있는 아이가 앓고 있는 마음의 병은 단순하게 한마디로 말하기 어렵다. 당사자조차도 이유를 모르는 경우가 대부분이다. 소년이 회복하려면 자기 나름으로 답을 찾아야 한다. 그때까지 그냥 지켜봐주는 것이 내가 할 수 있는 유일한 일이었다.

아무 말 없이 그냥 앉아 있는 내게 조바심이 났는지 소년이 드디어 이불 밖으로 기어나왔다.

"무슨 말이라도 좀 해보세요."

나는 한참 생각한 뒤 내가 아주 좋아하는 은사님의 이야기를 들려주었다. 히데 선생님은 내가 대학 시절 방황하고 있을 때 유일하게 나를 도와주신 분이다.

당시 유럽에 있었던 나는 할아버지가 뇌일혈로 쓰러졌다는 연락을 받고 일본으로 돌아와야 했다. 할아버지는 일단 목숨은 건졌지만 왼쪽 반신에 마비가 와서 누워서 지내야 했다. 그 무렵부터 가족이 항상 옆에서 할아버지를 간호해야 하는 힘든 나날이 시작되었다.

나는 다시 유럽으로 갈 수 없었고, 자포자기한 채 대학으로도 돌아가지 않았다. 낮에는 할아버지를 보살폈지만 밤이 되면 밤의 세계로 나가 새벽이 될 때까지 집에 돌아오지 않았다.

어느 날 밤이었다. 그날도 집에 전화를 걸어 "저 오늘 안 들어가요"라고 말했다. 어머니는 "지금 널 기다리는 사람이 있으니까 꼭 들어와라"라고 말씀하셨다. 정말 귀찮았다. 누가 기다리고 있는지는 모르지만 설교를 듣는 것은 정말 질색이었다. 나는 망설이지 않고 어머니의 말을 무시하기로 했다.

다음 날 동트기 전에 조용히 내 방으로 들어갔다. 그런데 그곳에서 누군가가 자고 있었다. 이런 시간에 대체 누구일까. 조심조심 얼굴을 들여다보았다. 이불 위로 히데 선생님의 얼굴이 보였다.

기척을 느꼈는지 선생님은 벌떡 일어나셨다. 그러고는 나를 보고 "어서 오게"라고 말하며 웃었다. 선생님은 옷을 그대로 입고 주무셨는지 양복에 넥타이 차림이었다. 나는 깜짝 놀라서 살짝 고개를 숙였다.

"학교로 돌아오게. 지금은 좀 자도록."

히데 선생님은 그 말을 하고 다시 벌러덩 누워 버렸다. 선생님의 조용한 말 한마디가 오히려 가슴에 와 닿았다. 겨우 말 몇 마디에 나는 히데 선생님에게서 많은 것을 배운 기분이 들었다. 중학교 시절부터 그토록 증오하던 '교사'라는 존재가 다른 의미로 다가왔던 강렬한 순간이기도 했다.

다음 날 나는 학교에 갔다.

이미 오래전에 제적되었을 거라고 생각했는데, 학생과에 물어보니 내 학적은 그대로 남아 있었다. 어머니가 얼마 안 되는 수입을 쪼개 학비를 계속 내주었던 것이다.

'내가 돌아오기를 기다려준 사람이 있다.' 그렇게 생각하니 지금까지 제멋대로 살아온 자신이 너무 한심해서 울컥하고 눈물이 쏟아질 것만 같았다.

이야기가 끝날 즈음에 나는 소년에게 이렇게 말했다.

"준이치, 나에게도 그런 시절이 있었단다."

아침이 올 때까지 나는 소년에게 나의 이야기를 들려주었다. 그러다가 어느새 꾸벅꾸벅 졸기 시작했다. 정신을 차려보니 소년이 보이지 않았다. 소년과 그의 책가방이 함께 사라진 것이다. 나는 그제야 방문을 나섰다.

20 나를 일깨워준 사건

대학을 졸업하자마자 요코하마 시의 교사가 되었다.

나는 고등학교 교단에 서는 것이 꿈이었다. 곧 있으면 성인이 될 아이들에게 단지 공부만 가르치고 싶지는 않았다. 그들에게 삶의 소중함을 전하고 싶었다.

내가 가르치는 학생 모두를 행복하게 만들고 싶었다. 그리고 언젠가는 이 세상 전부를 행복하게 만들고 싶다는 생각을 했다.

그런 희망을 품게 된 것도 전부 히데 선생님 덕분이다.

그러나 나는 처음으로 근무하게 된 학교에서 좌절감을 맛보았다.

그곳은 일반 고등학교가 아니라 장애가 있는 학생들이 다니는 특수학교였다. 내가 원하던 그런 학교가 아니었다. 아이들을 훈련시키고, 화장실 보조, 식사 보조 등 아이들을 보살피는 것이 주된 업무였다. 공부를 가르치는 일도 진로 상담을 하는 일도 나와는 인연이 없었다. 그런 일을 하려고 교사가 된 것은 아니었다.

그곳에서 근무하면서 나는 줄곧 '그만둬 버릴까' 고민했다. 마지못해 일하고 있을 뿐이었다.

특수학교에 근무한 지 3개월이 지났을 무렵 나는 뜻밖의 실수를 저지르고 말았다.

어느 날 학생이 옷을 입은 채 대변을 보았다.

나는 화장실로 아이를 데리고 가서 기저귀를 갈아주고, 엉덩이를 씻어주어야 했다.

나는 그 일이 너무나 싫었다. 교사인 내가 이런 일을 해야 하는지, 똥을 닦아주는 일이 교육이란 말인가 등 나는 그런 생각에 빠져 있었다. 그래서 미처 샤워기의 온도를 확인하지 못했다. '아앗' 하는 비명소리가 들렸고 그제야 내가 아이의 엉덩이에 냉수를 끼얹고 있다는 사실을 깨달았다.

하지만 나는 대수롭지 않게 생각하면서 오히려 아이의 반응을 무시했다. 똥을 닦아야 하는 내 불행에 비하면 차가운 물이 엉덩이에 닿는 것쯤이야.

어느새 내 마음은 차갑게 식어 있었던 것이다.

그런데 갑자기 등 뒤에서 "당신, 지금 뭐하는 거야!"라는 호통소리가 들렸다. 뒤를 돌아본 순간 주먹이 날아와 한 방 얻어맞고 말았다. 나를 친 남자는 아이를 안더니 곧바로 따뜻한 물을 틀어주었다.

"미안해. 물이 차가웠지? 이젠 괜찮아."

그는 내 쪽으로 돌아서더니 이렇게 말했다.

"미즈타니 씨, 이 아이가 뭔가 나쁜 짓이라도 했소? 이 아이는

당신을 믿고 있어요. 당신밖에 의지할 사람이 없단 말이오. 당신
이 제대로 보살펴주지 않으면 이 아이를 누가 보살펴주겠소?"

그 말을 들은 나는 창피해서 쥐구멍에라도 숨고 싶은 심정이
었다. 나는 선생님에게 사과하고, 다시 아이의 엉덩이를 정성껏
씻어주었다.

그의 말에 아무런 대꾸도 할 수 없었다. 아이와 똑같은 눈높
이로 대하지 않는다면 아무리 높은 이상을 품어도 교육자로서
자격이 없는 것이다.

그 선생님의 이름은 이타사카였다. 나는 그의 따뜻한 마음에
감동을 받았다.

그날의 사건은 내가 교사가 되고 싶어하는 이유를 다시 한 번
생각하는 계기가 되었다. 이제 내 직업에 자부심이 생겼다.

'내 도움을 필요로 하는 아이들이 이렇게 많이 있다. 내게는
그들의 기대에 응할 수 있는 능력이 있다.'

그런 생각을 하자 마음이 맑아지는 것 같았다. 나는 장애아
학교의 교사다. 이 학교에서는 하지 못하는 일도 있지만, 이곳이
아니면 못 하는 일도 많다. 그것만으로도 충분했다.

이타사카 선생님은 지금도 내가 가장 존경하는 동료다.

그때 나를 일깨워준 선생님에게 진심으로 감사의 말을 전하고 싶다.

밤거리를 순찰하고 있던 어느 날이었다. 공원에서 아이들이 싸움을 하는 현장에 맞닥뜨렸다.

소년 두 명이 다섯 명을 상대로 싸우고 있었다. 덩치가 큰 소년이 몸이 왜소한 다른 소년을 보호하면서 싸우고 있었다. 작은 소년을 본 나는 의아하게 생각했다.

왼쪽 반신이 이상하게 작았다. 너무 작아서 왼손을 잘 사용하지 못하는 것 같았다. 그래도 그 아이는 아주 능숙하게 싸우고 있었다.

"경찰이다!"

나는 큰 소리로 외쳤다.

나의 고함 소리에 당황하면서 도망을 친 쪽은 다섯 명의 소년이었다.

내가 다가가자 몸이 큰 소년은 다른 소년을 감싸면서 나를 노려보았다. 강렬한 눈빛이었다.

나는 야간 고등학교 교사며 너희들의 싸움을 막고 싶어서 일부러 경찰이라고 거짓말했다고 털어놓았다. 그리고 두 소년을 칭찬했다. 그들이 싸움을 너무 잘했기 때문이다.

"아마 내가 막지 않았어도 너희들이 이겼을 거야."

그렇게 말하자 소년은 웃었다.

우리는 근처에 있는 패밀리 레스토랑에 들어가서 아침이 될 때까지 이야기를 나누었다.

둘은 형제였다. 형은 열아홉 살, 동생이 열일곱 살이었다. 동생은 초등학교 3학년 때 자전거를 타다 넘어졌는데 철사가 머리를 찌르는 바람에 왼쪽 반신이 마비되었다. 그 때문에 동생은 학교에서 왕따를 당했다. 그런 동생을 돕기 위해 형도 동생과 함께 비행의 길에 들어섰다고 했다. 지금은 둘이 같이 공사 현장에 나가면서 토목 기술자가 되는 꿈을 키우고 있다고 했다.

이야기 도중에 내가 약물 남용의 전문가임을 밝히자 형의 표정이 진지해졌다. 동생은 중학교 때부터 본드를 남용하기 시작했고, 그만둘 수가 없어서 괴로워하고 있다고 했다. 이것도 인연이라 생각되어 나는 흔쾌히 그들을 도와주기로 했다. 내가 잘 알고 있는 약물 중독 환자를 위한 자활 그룹을 소개해주었다.

그해 크리스마스에 나는 자활 그룹이 주최하는 자선 콘서트에 갔다. 콘서트는 대성황이었다. 예상보다 손님이 많이 찾아와서 공연장에는 앉을 자리가 부족했다. 그래서 임시로 좌석과 좌석 사이의 통로에도 방석을 깔게 되었다.

소년의 동생의 모습이 보였다. 그는 불편한 왼팔 겨드랑이에 몇 장이나 방석을 끼우고는 혼자서 묵묵히 방석 놓는 일을 돕고 있었다. 그는 다른 어떤 젊은이보다도 빠르고 정성껏 주의를 기울이면서 작업을 해내고 있었다. 정말 가슴 벅찬 광경이었다.

자활 그룹의 리더가 말했다.

"선생님, 저 녀석은 정말 대단해요. 절대로 약한 소리를 하지 않아요. 무엇이든지 끝까지 해내는 녀석이에요. 그래서 모두 저 아이의 힘을 빌리고 있어요."

그 말을 들은 나는 마음이 따뜻해졌다.

지금은 형도 동생도 건강하게 건축 일을 하고 있다.

동생은 나를 보면 항상 웃으며 이렇게 말한다.

"나는 반쪽이지만 형은 두 명 분을 일해요. 둘이 힘을 합치면 보통 사람보다 훨씬 많은 일을 해낼 수 있어요."

22 폭주족 소년의 사죄

외국 국적을 가진 열일곱 살 소년이 있었다. 그의 부모는 캄보디아 사람으로, 내전을 피해 난민으로 일본에 입국했다. 그들은 '보트피플'이라고 불렸다.

가난한 집에서 태어난 소년은 초등학교 때부터 비행의 길에 빠져들어 절도와 공갈을 일삼았다. 마약이나 밀수품 등을 몰래 운반하는 일, 밀매 조직의 말단에서 마약을 파는 일 등 온갖 범죄에 손대고 있었다. 그 동네에서는 유명한 폭주족의 이인자이기도 했다.

나는 밤거리에서 우연히 누군가를 협박하는 소년의 모습을 보았다. 그 모습을 보고 나는 그가 더 이상 그런 짓을 하지 못하게 보호하기로 마음먹었다.

어떤 이유에선지 소년과 나는 마음이 잘 맞았다.

서로 알게 된 후로 소년은 내가 근무하는 학교로 찾아왔다. 우리는 같이 식사를 하기도 했다. 그리고 소년은 점점 '고등학교에 들어가고 싶다'는 꿈을 품었다. 내가 열심히 권유한 결과이기도 했다.

다음 해 소년은 야간 고등학교에 들어가기 위해서 공부를 시작했다. 나는 그를 위해 초등학교 교과서와 중학교 교과서를 준비해주었다. 폭주족과의 관계도 그럭저럭 잘 마무리될 것 같았다. 그의 장래에 큰 기대를 걸었다.

그런데 입학식을 앞둔 어느 날 소년이 큰 사건을 일으키고 말았다.

일을 마치고 귀가하는 주부의 핸드백을 오토바이로 날치기한 것이다. 주부는 넘어지면서 도로에 머리를 부딪쳐 하반신 마비라는 심각한 장애를 입었다.

왜 그런 일을 하게 되었는지 이유는 나중에 알았다.

어느날 폭주족 단원이 그를 호출했다. 그는 소년을 때리고 발로 차고 폭행하면서 "만약 우리 조직에서 빠져나가고 싶으면 500만 원을 가지고 와" 하고 협박을 했다.

그때 소년은 내게 상담을 했어야 했다. 그러나 자기 딴에는 내게 폐를 끼치지 않으려고 후배들에게 상담했던 것이다. 소년을 따르던 후배들은 그를 돕기 위해 오토바이로 날치기를 하기 시작했다. 자신을 위해서 노력하는 후배들을 그냥 보고만 있을 수 없었다. 500만 원만 있으면 자유의 몸이 될 수 있다고 생각한 소년은 경솔한 행동을 하고 만 것이다.

소년과 후배들은 차례로 체포되었다. 소년은 강도상해죄로 가정법원을 거쳐 소년원에 보내졌다.

"죄송해요, 선생님. 어떻게 해야 잘못을 사죄할 수 있을까요?"

그는 면회실 유리 칸막이 너머에서 울면서 내게 물었다.

그러나 내게는 들려줄 마땅한 말이 없었다.

현재 소년은 소년원을 나와 도쿄 시내의 운송회사에서 배달 조수로 일하고 있다. 매일 아침 이른 시간부터 트럭의 조수석에서 짐을 운반하는 일을 돕는다. 이곳에서 근무한 뒤 한 번도 일을 쉰 적이 없다. 기꺼이 야근도 하고, 쉬는 날에도 일이 있으면

솔선하여 움직인다.

그렇게 해서 번 돈을 소년은 매달 50만 원씩 은행에 저금하고 있다. 그리고 500만 원이 될 때마다 자신이 다치게 한 주부를 찾아가 돈을 건네주며 사죄하고 있다. 소년원에 있을 때 스스로 결정한 일이라고 소년은 말했다.

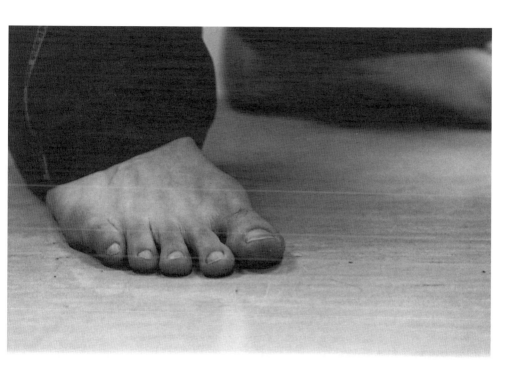

23 내 인생을 바꾼 전화 한 통

특수학교에 근무하던 나는 요코하마에서 유명 입시학교로 전근을 갔다.

사회 과목을 가르치면서 취주악부도 맡았다. 나는 밤이 되어도 늦게까지 학교에 남아 다음 날 수업 준비에 몰두했다. 정말 하루하루를 스스로도 만족할 만큼 충실하게 보냈다. 아마 당시의 나는 학생들보다도 더 열심히 공부했을 것이다. 교사라기보다 오히려 학생 쪽에 가까웠다. 그래도 그렇게 공부하는 것이 내게는 무척이나 즐거운 일이었다.

방과후에는 학생들과 함께 책을 읽거나 미래의 꿈을 이야기하면서 보람 있는 시간을 보냈다. 나는 이대로 사회 과목의 교사로서 평범하게 살아갈 작정이었다. 더 이상 아무것도 바라는 것이 없었다.

4년이 눈 깜짝할 사이에 지나갔다.

그러던 내가 한 사건을 계기로 학교를 떠나 야간 고등학교로 전근을 가게 되었다.

공부를 가르치는 일에 전념할 수 있는 입시학교에서 숱한 문제가 산적해 있는 야간 고등학교로 옮긴 진짜 이유를 모르는 주위 사람은 나를 매우 신기하게 바라보았다.

"무슨 문제를 일으켜서 혹시 쫓겨난 게 아닙니까?"라고 묻는 교사가 대부분이었다. 그 정도로 당시는 주간학교에서 야간학교로 전근을 가는 교사의 수가 적었다.

내가 그런 결심을 하게 된 이유는 바로 이것이다.

1990년 12월에 내 인생을 바꾸는 전화 한 통이 걸려왔다. 그리운 옛 친구로부터 걸려온 전화였다. 그도 나처럼 교사였는데 야간 고등학교에 근무하고 있었다.

그는 내게 술을 마시자고 했다. 그의 목소리가 조금 어둡게 느껴졌기 때문에 나는 힘을 북돋워주고 싶었다. 초밥 집에서 우리는 만났다.

회를 먹으면서 그는 천천히 입을 열었다.

"미즈타니, 초밥을 만들 때도 생선을 고르잖아. 썩은 생선으로는 맛있는 초밥을 만들 수 없어. 교육도 마찬가지야. 넌 우수한 학생들을 만나서 좋은 교육을 할 수 있지. 하지만 내가 근무하는 곳은 야간 고등학교야. 썩은 학생들에게 좋은 교육 같은 건 꿈도 못 꿔."

나는 그 말을 듣고 화가 났다.

"생선이야 썩을 수 있지만 아이들은 절대로 썩지 않아. 그들이 그렇게 된 건 누군가가 그들을 썩게 만들었기 때문이야. 그런 아이들을 구하는 게 바로 교육이야!"

그는 당치 않다는 듯이 말했다.

"그게 될 거라고 생각해?"

그 말이 끝나자마자 우리는 크게 싸웠다. 마시는 것도 먹는 것도 잊은 채 우리는 격렬하게 말싸움을 벌였다. 결국 다른 손님에게 폐가 된다며 주인은 우리를 가게 밖으로 쫓아냈다.

"그렇다면 너도 해보라고. 미즈타니, 너도 야간 고등학교에서 가르쳐보란 말이야."

"그래, 그러지. 대신 넌 교사를 그만둬. 알았어?"

그 싸움이 계기가 되어 우리는 서로의 인생을 바꾸고 말았다.

그는 다음 해 근무하던 야간 고등학교를 그만두고 학원 강사가 되었다.

그리고 나는 약속한 대로 야간 고등학교의 교사가 되어 밤거리를 활보하기 시작했다.

24 | 얘들아, 어제 일은 모두 괜찮아

나는 밤거리에서 아이들을 만나는 것을 삶의 보람으로 여긴다.
그들을 만나지 않으면 나는 살아갈 수 없다.
사람들이 그 이유를 물으면 항상 나는 이렇게 대답한다.
"아이들이 걱정돼서요."
하지만 사실은 외롭기 때문에 아이들을 찾는 것이다.

만남이란 한 발을 앞으로 내딛는 일에서 시작된다.

내가 처음으로 한 발을 내디딘 장소는 밤거리다.

나는 12년 동안 밤거리를 돌아다녔다. 거리에서 약 때문에 마치 얼이 빠진 것처럼 보이는 눈에 초점을 잃은 아이를 보았다. 또 어둠 속에 깊이 빠져들어 무너져 가는 아이도 보았다. 그리고 숱한 상처로 얼룩진 아이도 보았다. 그렇게 나는 몇 백 명, 몇 천 명의 아이와 만났다.

나는 줄곧 고독했다. 아무도 내 뒤를 따라오지 않았다. 몇 번이고 뒤돌아보았지만 내 뒤에는 어둠만이 펼쳐져 있었다.

그러나 밤거리를 걸으면서 나는 구원을 받았다. 그들이 나에게 구원을 받은 것이 아니라, 내가 그들을 통해 구원을 받은 것이다.

그들의 모습을 보며 나는 살아가는 일이 얼마나 멋진 일인지, 누군가를 위해서 뭔가를 할 수 있다는 것이 얼마나 기쁜 일인지를 깨달았다.

그와 동시에 나는 많은 어른과 대적했다. 세상에는 더러운 어른이 너무 많다. 소중한 아이들을 낮의 세계에서 쫓아내는 어른들, 소중한 아이들을 어두운 세계 속으로 끌어들이려는 어른들,

아무것도 하지 않으면서 "아이들을 구하고 싶다"고 말만 하는 어른들. 나는 그런 어른들을 용서할 수 없다.

아이들에게 거짓말을 하지 않으려고 할수록, 아이들 편이 되어 살아가려고 하면 할수록 나는 어른들의 사회에서 멀어져 간다. 하지만 그것은 어쩔 수 없는 일이다. 내가 그들을 받아들일수 없듯이 그들 역시 나를 받아들일 수 없는 것이다.

아이들은 성공보다 실패를 더 자주 경험한다. 그런데 대부분의 어른은 실패를 용서하지 못한다.

나는 아이들에게 "괜찮다"라는 말을 자주 한다.

"저, 도둑질한 적 있어요."
괜찮아.

"저, 원조교제 했어요."
괜찮아.

"저, 친구 왕따시키고 괴롭힌 적 있어요."
괜찮아.

"저, 본드 했어요."
괜찮아.

"저, 폭주족이었어요."
괜찮아.

"저, 죽으려고 손목 그은 적 있어요."
괜찮아.

"저, 공갈한 적 있어요."
괜찮아.

"나, 학교도 안 가고 집에만 처박혀 있었어요."
괜찮아.

어제까지의 일은 전부 괜찮단다.

"저, 죽어 버리고 싶어요."

하지만 얘들아, 그것만은 절대 안 돼.

먼저 오늘부터 나랑 같이 생각해 보자꾸나.

내게는 아이들의 과거 같은 건 아무래도 좋다. 현재도 아무래도 상관없다.

시간이 걸려도 좋고, 누군가의 도움을 빌려도 좋으니까 그들이 자신의 뜻과 힘으로 행복한 미래를 만들어 가기를 바랄 뿐이다. 그러려면 무조건 살아야 한다. 그래서 나는 그들이 살아주기만 해도 좋다. 살다 보면 아이들은 누군가와의 만남을 통해서 서서히 인생을 배워 간다.

이 책을 읽고 있는 어른들에게 부탁하고 싶은 것이 있다.

어떤 아이라도 그들이 살아온 과거와 현재를 인정하고, 제대로 칭찬해주었으면 하는 것이다.

이렇게 말이다.

"지금까지 정말 잘 살아줬어."

애야, 살아주기만 하면 그것으로
충분하단다.

애들아
너희가 나쁜 게
아니야

1판 1쇄 발행 | 2005년 1월 12일
2판 2쇄 발행 | 2023년 5월 10일

지은이 | 미즈타니 오사무
옮긴이 | 김현희
펴낸이 | 이동희
펴낸곳 | ㈜에이지이십일

출판등록 | 제2010-000249호(2004. 1. 20)
주소 | 서울시 마포구 성미산로 1길 5 202호 (03971)
이메일 | eiji2121@naver.com

ISBN 978-89-98342-33-3 03830